secession

secession

Jan Drees
Sandbergs Liebe
Roman

Jan Drees

Sandbergs Liebe

Roman

Erste Auflage
© 2019 by Secession Verlag für Literatur, Zürich
Alle Rechte vorbehalten
Lektorat: Christian Ruzicska
Korrektorat: Kristina Wengorz
www.secession-verlag.com

Einband: Nach einem Entwurf von Christian Ruzicska
unter Verwendung eines Ausschnitts aus
Caspar David Friedrichs Gemälde *Der Mönch am Meer*
© bpk / Nationalgalerie, SMB / Andres Kilger
Satz: Peter Löffelholz
Herstellung: Renate Stefan, Berlin
Druck und buchbinderische Verarbeitung:
Friedrich Pustet, Regensburg
Papier Innenteil: 100g Fly 05
Papier Vor- und Nachsatz: 115g Fly 05
Papier Überzug: 115g Surbalin Seda von Peyer
Gesetzt aus Edit Serif von Atlas Fonts

Printed in Germany
ISBN 978-3-906910-49-9

Liebe allein reicht nicht.
Felix-Emeric Tota

Kalinas Antwort auf Kristian Sandbergs Frage, welches ihr Lieblingsbuch sei, verrät das Unheimlichste über sein Verschwinden wenige Monate nach dem viel zu heißen Spätsommer des Jahres 2016, in dem Paul Kalkbrenner vor siebzigtausend Besuchern die Headliner-Show auf dem Lollapalooza-Festival in Berlin gespielt hatte – bei Temperaturen knapp unter dreißig Grad, lange nach Einbruch der Dunkelheit.

Man könnte spekulieren, wie sich diese Geschichte entwickelt hätte ohne Kalinas Versprechen, ihn niemals zu verlassen. Ihm war dieser Satz vorgekommen wie ein Schwur.

Deshalb soll er später gesagt haben: »Ich verstehe das alles nicht.«

Man kann darüber nachdenken, was Verstehen bedeutet und wie eine Begegnung, die von derart kurzer Dauer war, ein komplettes Bewusstsein zerstören konnte. Dabei ist Zeit immer eine Nebensache. Es geht nie um Dauer. Es geht um Intensität. Wer sich in den Kopf schießt, ist innerhalb von zwei Sekunden tot.

Es gibt kaum Hinweise auf die wirklichen Ängste dieser Frau. Beim Zusammensetzen der Geschichte fehlt etwas. Es ist, so wird vermutet, die Geschichte einer Manipulation.

»Ich habe Kalina geliebt«, hat Sandberg versichert.

»Ich weiß, dass du mich liebst«, hatte sie gesagt, »aber du musstest alles zerstören und niederbrennen.«

Es gibt auf seine Frage, welches ihr Lieblingsbuch sei, Kalinas Antwort: »Das ist *Die Gefährliche Geliebte* von Haruki Murakami.« – und man kann sich vorstellen, wie sein Herzschlag damals für einen Moment ausgesetzt, wie sein Blut gestockt haben muss, nachdem sie das gesagt hatte, weil es für ihn der letzte Hinweis war, die Gewissheit, dass er mit dieser Frau sein Leben verbringen musste.

Selbstverständlich hatte er damals überlegt, ob es wahr sein konnte, dass Kalina sich ausgerechnet für jenen Roman begeisterte, den er als DIN-A2-Plakat über seinem Bett hängen hatte, den kompletten Text in Schriftgröße drei Komma fünf. Alles passte. Ab da passte es perfekt.

Das hier ist die Geschichte von Kristian Sandberg, er wird sie selbst erzählen. Aber – und dieses Aber teilt eine ganze Welt – es gibt zwei Wahrheiten. Es gibt Kristian Sandberg. Es gibt Kalina. Und es gibt *Die Gefährliche Geliebte* des japanischen Schriftstellers Haruki Murakami.

Teneriffa

Es gibt diese Geschichte – sie beginnt, als ich im Januar 2016 im kleinen Kurort Punta del Hidalgo auf Teneriffa ankomme, wo ich mich kurzfristig für zwei Wochen im Spa-Hotel Maritim eingemietet habe.

Mit geschlossenen Augen sitze ich im Schatten vor der Lobby. Es ist später Vormittag. In der linken Hand halte ich eine Zigarette, obwohl ich mit dem Rauchen aufhören wollte.

Zu Hause herrscht Chaos. In meiner Bremer Wohnung, Tausende Kilometer entfernt, gibt es den Stapel flatterhafter Verlagsfahnen und Leseexemplare von Romanen, die mich seit Wochen belasten und nur mit etlichen Gläsern Primitivo di Puglia erträglich bleiben. Zu Hause gibt es das viel zu frühe Harfenspiel meines Smartphones am Morgen, wenn der immer gleiche Tag beginnt: mit hastigem Aufspringen, Duschen, Rasieren, stets im selben Ablauf.

Ich bin rastlos, und nur die Gleichförmigkeit meines Tagesablaufs garantiert jenes Mindestmaß an Struktur, das für alle Menschen notwendig ist, damit sie nicht komplett wahnsinnig werden.

Daheim, in Bremen, gibt es das Antidepressivum Citalopram und das tägliche Stück Mohnkuchen auf dem Weg in die Bibliothek, wo ich ab neun Uhr sitze, um nicht allein zu sein, wenn ich meine Notizen in den Laptop tippe. Ich lebe seit drei Jahren von einem Promotionsdarlehen, das bald ausläuft, weil ich durch bin mit meiner Dissertation. Das monatlich überwiesene Extrageld lässt mich vergessen, dass die Honorare für Rezensionen nicht steigen, sondern sinken.

Ich habe viel darüber nachgedacht, warum ich weiterarbeite, und bin zu der Einsicht gelangt, dass die Literatur, dass meine Bücher auf mich wirken wie Citalopram. Sie dämpfen meine wirren Erregungen an besseren, meine wollmanteldunklen Ängste an schlechteren Tagen. Doch obgleich dieses jetzt an jetzt träge fortschreitende Leben von außen betrachtet erträglich erscheint, hat es einen Bruch erfahren. Ich fühle mich ange-fasst von einer leisen Ahnung des Sinnverlusts, die durch einen Schrecken ausgelöst wurde, durch die erneute Bestätigung, dass mein Einfluss gering ist, viel geringer, als ich es angenom-men hatte. Es ist ein Schrecken, der sich jeder Ordnung entzieht. Erneut weiß ich nicht, wohin. Ist das Verzweiflung?

Ich weiß, dass man sich verzweifelt nicht darüber im Klaren sein kann, ein Selbst zu haben. Ich weiß, dass es die Verzweiflung gibt, nicht man selbst sein zu wollen, und eine andere Verzweif-lung, die darin besteht, verzweifelt man selbst sein zu wollen. Ich weiß, dass es eine Verzweiflung gibt, die sich aus wöchentli-chen Penny-Markt-Besuchen zusammensetzt, aus dem Warten auf den Monatsersten, die verspäteten Honorare, einen Rückruf von einer der Personalabteilungen, aus dem Warten darauf, dass alles besser werden möge, während man eingeschweißtes Obst in seinen Einkaufswagen legt, vorgeschnittenen Käse, H-Milch, Müsli.

Nun aber sitze ich hier in Punta del Hidalgo, und mir ist, als wäre seit Jahren nichts Bedeutsames geschehen, als hätte ich soeben mein Literaturstudium beendet. Wenig Zeit ist vergangen, seit ich die Masterurkunde im Hörsaal ausgehändigt bekommen und gemeinsam mit meiner damaligen Freundin zwischen den Kommilitonen gestanden habe. Ich erinnere mich an den Ge-schmack des billigen Proseccos, der für Anlässe wie diesen in der Universitätscafeteria verkauft wird, und ich erinnere, wie es sich angefühlt hatte, von einer Frau geküsst zu werden, die mich wirklich liebte.

Vier Sommer sind seitdem vergangen. Es hatte meine erste Zeit als freier Literaturkritiker gegeben, mein Debüt als Blogger und gelegentlicher Moderator lokaler Lesungen, die mir eine respekt-volle Bekanntheit in jenen akademisch-künstlerischen Kreisen eingebracht haben, zu denen mir früher der Zutritt verwehrt gewesen war. Inzwischen rezensiere ich häufiger für überregionale Zeitungen. Manchmal werde ich in eine Radiosendung eingeladen. Ich gebe Seminare an der Bremer Universität.

Anfangs hatte ich mir eingeredet, etwas Großes stünde bevor; inzwischen aber fürchte ich, dass mein Leben in eine Schieflage geraten ist. Ich fühle mich haltlos. Ich weiß: Es gibt keine Sicherheit. Es wird niemals eine Ordnung geben.

Dabei hatte mich immer dieses akkurat Kalte, das blank polierte Untertemperierte angezogen, der stahlgebürstete Chic leerer Lofts, die Objekte des britischen Turner-Preisträgers Damien Hirst, sein in Formaldehyd eingelegter Tigerhai. Meine Altbauwohnung jedoch ähnelt einem Hinterhof-Antiquariat. Selbst gegenüber der kleinen Küchenzeile stehen Bücherregale aus Kiefernholz beinahe deckenhoch. Auf dem Dielenboden im Schlafzimmer, neben dem Bett, stapeln sich Druckfahnen und vom Flohmarkt gerettete Romane aus den 1920er-Jahren.

Zusammengefasst kann ich sagen, dass seit den Jahren an der Universität kaum etwas schlechter, der Wein auf jeden Fall besser geworden ist. Meine Hausbank schickt Angebote für Konsumkredite. Ich bin Besitzer einer Mastercard, und wenn ich mit Freunden losziehe, schaue ich nicht aufs Geld.

Nur will ich nicht mehr komplett frei, ohne Sicherheit durchs Leben gehen. Mir fehlt ein Netz. Oft denke ich darüber nach. Das Denken gibt mir Struktur. Vielleicht ist Denken die schönste aller Tätigkeiten.

So habe ich den Flug nach Teneriffa gebucht: um Klarheit zu finden während einer Reise ins Warme, auf diese Insel des ewigen Frühlings mit den milden Temperaturen im Norden, weg vom Alltag, fort vom Vielleicht. Mit Blick aufs Meer, so erhoffe ich mir, wird sich der Raum des Möglichen weiten.

Die Boeing des Charterflugs war am frühen Morgen bei minus sieben Grad vom Hamburger Flughafen aus gestartet. Ich zahlte an Bord knapp zehn Euro für ein Käsebrötchen und das kleine Radeberger Pils, was mir maßlos erschien. Neben mir saß eine Frau, die laut klagend über ihre Arthrose lamentierte. Hinter mir plärrten Säuglinge. Diese kleinen Kinder, dachte ich, haben Schmerzen, selbstverständlich, es ist der Druckunterschied. Als unsere Maschine vor der Landung in Turbulenzen geriet, übergaben sich drei Passagiere. Es war derart belastend, dass es sich umso besser anfühlte, endlich wieder Boden unter den Füßen zu spüren und in die kanarische Sonne blinzeln zu dürfen. Wie hell es hier doch ist, dachte ich und fühlte mich beinahe glücklich.

Ich stehe auf, um ins Hotel zu gehen, um den Voucher abzugeben und den Urlaub beginnen zu lassen. Draußen ist es heiß, im Inneren aber angenehm kühl. Die geschmackvoll präsentierten Veduten im Vestibül zeigen die Piazza di Spagna in Rom. Vor vielen Jahren war ich mit meiner damaligen Freundin nach Italien gereist, heute fühle ich mich beim Anblick von Bildern wie diesen in eine verdrängte, sehr schmerzhafte Vergangenheit zurückversetzt. Nervös betrachte ich die verwitterten Stadttore, die monströsen Kerker und die halb niedergerissenen Triumphbogen. In einer Vitrine links neben der Rezeption liegen Halsketten, Lava-Anhänger, silberne Füller mit Teneriffa-Gravur. Es gibt nachgemachte Antikvasen aus Glas. In einem anderen Schaukasten liegen blaue Plastiktiegel, sorgfältig angeordnet diverse Sonnenlotionen, Anti-Aging-Cremes. Es gibt Schwämme in Folie, Flakons mit irgendetwas aus dem Meer. Am Hoteltresen wird mir zur Begrüßung ein leuchtend grüner Cava-Cocktail gereicht.

»Hatten Sie eine gute Anreise?«, fragt die Rezeptionistin und schaut wieder in ihr Computerprogramm, bevor ich Zeit finde zu antworten. »Sie werden von Ihrem Zimmer aus direkt aufs Meer blicken«, sagt sie, und ich antworte höflich: »Das freut mich.«

Ich werde gefragt, ob ich einer privaten Einführungsveranstaltung zustimme, »in einer Stunde«, was ich zunächst ablehnen will, bevor ich dann doch nicke, mich bedanke und die Zimmerkarte in meine Hosentasche stecke. Mit dem Aufzug fahre ich hoch in die fünfte Etage.

Im Zimmer steht ein kleiner Obstkorb. Als ich auf den Balkon hinaustrete, sehe ich in einen verschlungenen, nach englischer Art angelegten Garten mit etlichen Palmen – ein grün blühendes Durcheinander, angelegt um einen rechteckigen, in der Mitte liegenden Swimmingpool, in dessen Wasser sich tausendfach blitzend der kanarische Himmel spiegelt. Es gibt Kakteen, Zierbüsche, strahlende Astern, weiße Zantedeschien, Lilien, Sukkulenten, Nelken. Hinter der bewachsenen, aus Lavasteinen errichteten Gartenmauer liegt, etwas tiefer, die Promenade. Es gibt keinen Strand, aber eine kreisrunde Meerespiscina, vom Atlantik halb umschlossen, mit Liegeflächen, die man über eine Steintreppe erreicht.

Ich ziehe mich rasch um und stelle die hochgeschlossenen Winterschuhe in den Wandschrank. Ich steige in meine selten benutzten Flip-Flops, wechsele das T-Shirt und wasche mein Gesicht mit der bereitliegenden Mandelseife. Dann gehe ich hinunter zur Promenade und blicke aufs Meer. Zaghaft kräuseln sich die Wellen. Die See liegt ruhig da.

Wenig später sitze ich wie vereinbart einer jungen, sehr schlanken Spa-Managerin gegenüber und werde auf der kleinen Frühstücksterrasse bei Papaya-Schiffchen und kühlem Wein mit den umfangreichen Möglichkeiten des Fünf-Sterne-Hauses vertraut gemacht. Mir wird ein Gesundheitscheck angeboten, zahlbar mit Kreditkarte am Ende des Aufenthalts. »Sie geben lediglich Ihre Zimmernummer an.«

Die Yogaübungen am Vormittag sind für Hotelgäste kostenfrei, ebenso die Nutzung des Saunabereichs, der von siebzehn bis einundzwanzig Uhr dreißig am Abend zur Verfügung steht.

»Der Stützapparat muss im Wasser lediglich zwanzig Prozent des gewohnten Gewichts tragen, wussten Sie das? Und Ihre Gelenke werden bei der Thalasso-Therapie auf unserer Schwebeliege besonders geschont.«

Die Spa-Managerin entfaltet eine Broschüre, in der tiefblaue Tauchbecken in einem sanft abgedunkelten Raum präsentiert werden.

»Kann man auch nachts schwimmen?«, frage ich und betrachte fasziniert Bilder von Nasszellen, die mit winzigen Kacheln gefliest sind.

»In der Nacht schlafen wir«, sagt die Spa-Managerin. Sie sagt tatsächlich »wir« und redet dann weiter über die angebliche Heilkraft des Atlantiks, »die aufgrund des Salzgehalts von circa dreieinhalb Prozent besonders intensiv ist.«

Die Broschüre zeigt Teilansichten nackter Männer und Frauen, die sich einreiben lassen mit verschiedenfarbigen Salzen und schieferroten Erden. Ich schaue auf ein Unterwasserbild mit unwirklich dahintreibenden Gazetüchern. Die Spa-Managerin sagt, ich könne auf die Dienste eines spezialisierten Teams von Masseuren, Heilpraktikern, Meeres- und Physiotherapeuten zurückgreifen, »ausgebildet in klassischem Ayurveda, in verschiedenen Entspannungstechniken, in Kollagen-Treatments, Metabolic Balance und so weiter. Dafür nutzen wir exklusivste Phytohormone. Ich kann es Ihnen nur empfehlen.« Der leitende Arzt, Herr Prof. Dr. Liedtke, empfange zur persönlichen Sprechstunde von neun Uhr morgens bis um zwölf.

Ich entgegne, dass ich zum Ausspannen und Baden, der Berge und des warmen Wetters wegen angereist sei. Ich fände es befremdlich, im Urlaub einen Arzt zu konsultieren.

Die Spa-Managerin lächelt und nickt auf eine Art, als taxierte sie gleichzeitig meine körperliche Verfasstheit.

Dieser Blick ist mir unangenehm.

Ich weiß, wie abgespannt ich wirke, dass ich mehr Sport treiben müsste, häufiger wieder trainieren, laufen, am heimischen Kanal entlang.

»Sie sind noch jung, viel jünger als die übrigen Gäste im Hause«, sagt sie in einem Tonfall, als wäre eine erste Diagnose abgeschlossen. »Hier kommt jeder wieder zu Kräften.« Sie sei selbst erst sechsunddreißig. »Wir dürften im gleichen Alter sein.« Daraufhin nicke ich, dabei bin ich drei Jahre jünger.

»Wenn Sie Fragen haben, egal welcher Art, so scheuen Sie sich nicht, mich zu kontaktieren«, ermuntert sie mich. »Meine Nummer steht hier hinten.« Sie überreicht mir die zugeklappte Broschüre und sagt, ich könne gern sitzen bleiben, »schenken Sie sich nach, genießen sie den ersten Nachmittag auf Teneriffa. Das Wetter ist heute überraschend angenehm. In den vergangenen Tagen war es doch recht frisch.«

Ich sitze wenige Minuten allein da, bevor ich das Hotelgelände verlasse, um noch einmal die Promenade entlangzulaufen und endlich eine Kleinigkeit zu essen. Ich finde ein beinahe leeres Restaurant auf der Anhöhe eines leicht ins Meer kragenden Felsens, setze mich und versuche, etwas zu bestellen. Aber niemand spricht Deutsch, keiner Englisch. Also zeige ich auf Tabletts, die von der Küche zum offenen Gastraum hinausgetragen werden. Ich zeige auf gegrillten Fisch, auf Gemüseteller, auf kleine, kanarische Pellkartoffeln, die mit einer puderigen Salzschicht überzogen sind. Ich habe einen gefällig konstruierten Krimi mitgenommen, dessen Inhalt, das stelle ich nach wenigen Szenen fest, nicht vordringen will. Ich lege das Buch zur Seite, schaue besinnungslos auf den Atlantik und rauche die Zigaretten mit dem obligatorischen Smoking-kills-Aufdruck. Ich spüre Unruhe in mir. Ich fühle mich erschöpft, als hätte ich einen langen Kampf ausgefochten; aber mir ist ein Moment des Innehaltens vergönnt. Das Leben besteht nicht nur aus ewigem Treiben. Es gibt Plateaus.

Ich zahle, gehe die Promenade entlang zurück zum Hotel, an der glitzernden Piscina vorbei, wo junge Spanierinnen barbusig gemeinsam mit muskulös wirkenden männlichen Teenagern auf ihren Handtüchern liegen. Von Zeit zu Zeit erhebt sich einer von ihnen leichtfüßig und springt ins Becken. Ich schaue ihnen ein paar Züge lang zu, bis sie am anderen Ende des Pools hinaussteigen, um sich rasch abzuduschen. Es werden Schüler sein, oder einheimische Studenten, die weiter oben auf dem Berg ihre Seminare besuchen. Diese jungen Menschen erscheinen mir strahlend schön. Kurz denke ich darüber nach, mich zu ihnen zu legen, obwohl es an der Piscina keinen Schatten gibt. Nur was sollte ich da, warum stören? Es käme einer Peinlichkeit gleich.

Schatten bietet der Hotelgarten, wo ich unter Palmen eine weiße Liege aufstelle. Von dort beobachte ich andere Hotelgäste, folge dem Gang der vielen Seniorinnen mit ihrer bronzefarbenen Haut, den fein gealterten Gesichtern, den ölig-faltigen Körpern in ihren edel geschnittenen Bikinis. Einige dieser stolzen Frauen werden begleitet von Männern, die gebückt neben ihnen hergehen, auch ihre Haut bronzefarben, auch ihre Gesichter fein gealtert. Es gibt einsame Damen, die keine Gatten mehr haben und geflohen sind vor der heimischen Tristesse. Die Erscheinung dieses Ensembles aus Pärchen im Spätherbst ihres Lebens auf der einen und einsamen Damen auf der anderen Seite scheint mir zusammengehalten zu sein von einer schwer zu durchdringenden Esoterik, die darin begründet liegen mag, dass sie alle den Winter an genau diesem Ort verbracht haben, in der Wärme, am Fuß des Gebirges, im Norden Teneriffas, während einer wie ich in Deutschland hatte ausharren müssen, um kurz vor Schluss hier hereinzuplatzen mit seinen Flip-Flops und Fred-Perry-Shirts, damit er den Rest vom guten Fisch nehmen kann, während die anderen längst zum Filet Mignon zurückgekehrt sind. Ich verspüre eine bleierne, meinen gesamten Körper beschwerende Müdigkeit. Nach einer Stunde verlasse ich den Garten. Es ist sinnlos, den weiteren Nachmittag wach zu bleiben. Ich muss ins Zimmer, die Tür hinter mir schließen, zur Ruhe kommen, lesen, schlafen, nichts hören, nichts sehen. Ich habe gegessen, getrunken, aufs Meer geschaut, dreieinhalbtausend Kilometer mit dem Flugzeug überquert und bin über die komplette Insel gefahren. Es gilt, den kommenden Tag abzuwarten.

Als ich Stunden später im Bademantel aufwache, ist tiefe Nacht. Die Balkontür steht offen. Die Vorhänge flattern im kühlen Wind. Ich stütze mich von der Bettkante ab. Wie spät mag es sein? Ich nehme einen Schluck Wasser aus der Glasflasche, die mir als Aufmerksamkeit des Hauses aufs Zimmer gestellt wurde, drehe vor der Anrichte stehend einen der im Obstkorb liegenden Äpfel, poliere ihn am Frotteestoff des Bademantels und trete essend ins Freie.
Die Flut hat den Ozean aufgewühlt. Hohe Wellen prallen gegen die felsige Küste, überspülen die Mauer des Meerwasserbeckens. Die nachmittags noch spiegelglatt daliegende Oberfläche ist jetzt rau und schäumend. Die Palmen weiter vorn wiegen sich schwer im Wind. Im Garten schimmert der Pool tiefschwarz. Man kann auf seinen Grund nicht hinabblicken.
Ich stelle mir vor, ich kletterte barfuß auf die Balustrade, wagte den Sprung nach vorn. Es ist wie in einem meiner häufigsten Träume, wenn ich von Anhöhen aus weit hinab ins Tal hechte, als könnte ich im freien Fall dem Horizont entgegenstürzen.

Ich habe Höhenangst, tatsächlich würde ich mich das niemals trauen. Ich verliere im Flug die Balance. Ich sehe mich auf dem Stein zerschellen.

Selbst im unwahrscheinlichen Fall, dass ich mit dem Leben davonkäme, würde ich den Rest meiner Zeit unter atemlosem Schmerz fristen. Ich habe eine mächtige, eine unkontrollierbare Angst vor Schmerzen. Mir kommt zwar in den Sinn, dass man solche Dinge nicht an einem Ort wie Teneriffa durchspielen sollte. Aber sie dringen jedes Mal in mein Bewusstsein, wenn ich allein an einer Klippe stehe. Früher hätte ich den Pool mit einem beherzten Sprung vielleicht erreicht. Es ist keine Unmöglichkeit für einen Menschen, der täglich trainiert.

Am folgenden Morgen scheint wieder die Sonne, und ich habe noch ein wenig schlafen können. Die anderen Hotelgäste sind bereits wach. Einige von ihnen schwimmen im Pool, andere schlurfen im Bademantel durch die Marmorgänge, sind auf dem Weg zum Sonnendeck, um an der ersten Yogastunde des Tages teilzunehmen, haben Thalasso- oder Ayurveda-Anwendungen gebucht. Der Frühstücksraum ist leer. Ich nehme mir reichlich vom dunklen Vollkornbrot, das ein deutscher Bäcker aus dem Nachbarort täglich liefert. Ich trage den Teller mit kanarischen Früchten, einen weiteren mit Spiegeleiern, Speck und gegrillter Paprika nach draußen zu den Tischen, wo ich anderthalb Stunden lang in der Helligkeit sitze.

Als ich mich umschaue, bemerke ich am anderen Ende des Gartens eine weitere Terrasse. Sie liegt verborgen, ist von Büschen geschützt. Auch hier sitzen Gäste.

Ich stehe auf, schlendere an den geschwungenen Beeten vorbei und taxiere im gemächlichen Vorbeigehen jenes freudlose Treiben, das sich dort zeigt. Diese Terrasse ist kleiner als die, auf der ich gefrühstückt habe. Stille Gäste sitzen auf Holzbänken und tunken hartes Graubrot in kleine Schalen mit Olivenöl. Sie halten den Kopf gesenkt und kauen mit Bedacht, bevor sie aufschauen, schlucken, mit klarem Wasser nachspülen, dann wieder ein Stück Brot abbrechen.

Ich habe in einer der Hochglanzbroschüren gelesen, dass im Maritim eine entschlackende Darmkur offeriert wird, die das achtsame Einspeicheln der Nahrung, Verzicht auf luxuriöse Mahlzeiten, eine Gemüsebasissuppe am Mittag und lange Spaziergänge in Wassernähe beinhaltet. Diese Spezialbehandlung wird erkauft. Sie sichert die tägliche Zuwendung des leitenden Mediziners, eine stete Überprüfung des Urinstatus und die vorrangige Zuweisung von Sonnenzimmern in den oberen Etagen des Hauses. Das Brot ist angeblich sieben Tage alt. Erscheint es unstatthaft, allzu neugierig hinzusehen? Einige Kurgäste haben bereits entdeckt, wie ich durch die Büsche spähe.

Üblicherweise ebbt die Unruhe erster Tage während der Urlaubsroutine ab. Man findet sein Stammcafé und setzt sich an den immer selben Platz. Man orientiert sich im Dorf, kennt die Öffnungszeiten des Supermarktes, ist ob der Bierpreise an der Hotelbar nicht mehr erstaunt, Ausflüge werden gemäß der Gezeiten verabredet. Man fällt abends erschöpft ins Bett und legt sich unter die dünne Wolldecke.

Manchmal wache ich mitten am Tag auf wegen des Gelächters, das vom Pétanque-Feld herüberdringt, wo britische Touristen glänzende Metallkugeln auf die trockene Sandbahn werfen. Ich konzentriere mich mit geschlossenen Augen auf das gelegentliche Klicken der diskret aneinanderstoßenden Bälle, decke mich wieder zu und falle erneut in seicht absinkenden Dämmerschlaf.

Immer wieder stehe ich im Freien, bin umgeben von Palmen, von langdornigen Kakteen. An den das Hotel umgebenden Anhöhen wachsen in weiteren Parks schmalblättrige Sukkulenten, in deren Schatten Eidechsen und Schlangen leben. Ich schaue die ansteigenden, mit Höhengewinn stets karger begrünten Bergmassive hinauf, fühle mich eingeschlossen zwischen Höhen und Tiefen, umgeben vom Unwirtlichen. Wie irr renne ich durch die wilde Natur. Das ist gut.

Es ist gut, aber es ist nicht gut für immer. Ich verlängere meinen Aufenthalt. Tage reihen sich an Tage, bilden in Kette beinahe einen Monat. Ich arbeite weiter, lasse mir die Verlagsfahnen per E-Mail schicken und lese am Rechner. Ich rauche zu viel. Von den preiswerten spanischen Zigarillos, eine Handvoll für gerade mal drei Euro fünfzig, zucken meine Nerven. Es kommt vor, dass ich tagsüber bei geöffnetem Fenster auf dem Bett liege und vorahnungslos am kompletten Körper aufschrecke, dass ich nachts enerviert am Meer entlangirre, dass mein Kreislauf einsackt, ich in die Hocke gehen muss, mit meinen Fingerkuppen auf dem Asphalt.

Die Abreise rückt näher. Das Apartment daheim bleibt leer. Es wird heiß. Bis in die frühen Morgenstunden finde ich keinen Schlaf. Ich döse ohnehin mehr, als dass ich schlafe. Manchmal nicke ich in einem der Parks unter freiem Himmel ein. Ich taumele, schon mittags vom Orujo betrunken, durch die Gassen. Ich verliere das Gefühl für die Tage, das Datum, die Uhrzeit, für Himmelsrichtungen und Barmittel, für meinen Zigarillo-Vorrat, meinen Hunger. Ich verliere den Blick für die jungen, hübschen Menschen in ihrer knappen Kleidung, für den Unterschied zwischen gutem und weniger gutem Essen. An den Kiosken mit deutschen Zeitungen im Drehständer gehe ich achtlos vorbei. Meine zu Hause eingepackte Lektüre liegt unter Plastiktüten im Kleiderschrank.

Eines nachts gehe ich durch die Straßen, aus der Stadt hinaus in die Peripherie, bevor ich dann im düsteren Winkel eines Hinterhofs lande, vor einer Tür, die sich öffnet, nachdem ich angeklopft habe.

Es ist nur ein Schritt über die Schwelle, dann stehe ich im rot gedimmten Licht des Souterrainraums und erkenne mich kaum im Tresenspiegel wieder, als wäre mein Gesicht das eines anderen. Abseits sitzen, als warteten sie nur auf mich, eine Handvoll Mädchen in schlecht sitzenden Dessous. Ich bin der einzige Gast.

Mir wird Bier gebracht. Die Bedienung sieht müde an meinem Gesicht vorbei. Dann nickt sie den Mädchen zu, bevor sie am CD-Wechsler einen Mix antippt, der nach spanischem RnB klingt, und sich neben mir, viel zu nah, mit zierlicher Hand auf meinem Oberschenkel, eine blondhaarige Frau niederlässt. Ich habe ihr Erscheinen kaum bemerkt. Sie stellt sich vor, ihren Namen verstehe ich nicht.

»With me, come?«, fragt sie, erhöht den Druck auf meine Haut und nennt einen Preis, der erschreckend niedrig ist.

Ich fühle mich verlassen.

Ich möchte nicht sein an diesem Ort. Aber wo hätte ich Gesellschaft in dieser Nacht?

Ich werde es nicht mit mir in Übereinstimmung bringen können am kommenden Vormittag, als ich beschämt in einem Café sitze und mich des Zimtzigarettengeruchs der düsteren Stunden erinnere, die auf eine grammatikalisch falsch gestellte Frage folgten und sich anfühlten wie ein endloses Fallen.

Ich hätte niemals allein fliegen dürfen.

Ich habe sehr viel Geld ausgegeben. Es war nicht nur das Bier zu zehn Euro pro Glas, das ahne, das weiß ich in kurz aufblitzenden Momenten, gegen die kein Verdrängen hilft – und ich will fliehen, vor mir selbst, vor meinen eigenen Blicken, die ich gefühllos in die Scham verschiedener Frauen geworfen habe.

Hinter dem Schleier des Abgespalteten liegen ab jetzt Teile meiner Erinnerung: Wie anders sich Frauen entkleiden, wenn sie für das, was folgt, entlohnt werden, sie tun es zwangsläufig ohne Schüchternheit und bewegen sich dann, ohne jegliches

Zögern, da sie vorgeben, es ginge um wenig. Kein Grund zu beschönigen.

Ich wollte Verführung mit dem Öffnen der Stahltür dieses Etablissements, ich wollte ohne Anstrengung spüren und sehen, was an helleren Tagen höchstens zum Glück gehört nach charmanten Momenten an Tischen italienischer Restaurants, nach wohlgesetzten Worten beim Gang durch blühende Parkanlagen. »Das darf nicht zu dir gehören«, denke ich.

Die letzten Tage verbringe ich hinter geschlossenen Vorhängen im Hotel. Meine Nachttischlampe brennt permanent. Ich lese mehrfach gefaltete Zeitungsseiten, die ich in Bremen eingepackt habe, überholte Feuilletons aus dem Januar, ferne Jahresrückblicke und Sportartikel über bevorstehende Hallenmeisterschaften, die längst stattgefunden haben.

Am frühen Morgen des letzten Tages verlasse ich das Hotel. Ich gehe mit meinen Koffern zum Busbahnhof, wo ich in die Linie zum Aeropuerto Tenerife Sur einsteige. Durch den Morgennebel, meinen Kopf an die taufeucht beschlagene Seitenscheibe des Busses gelehnt, fahre ich über die Insel und hoffe, noch heute einen Flug auf den Kontinent zu finden. Es muss keinesfalls nonstop nach Bremen gehen. Sollte ich woanders ankommen, würde ich ab da den Zug nehmen.

Und dann? Passiert nicht viel. Ich schlafe auf den letzten Kilometern ein. Später sollte ich sogar das Glück haben, für einen Direktflug nicht nach Bremen, aber nach Hamburg einchecken zu können, was ein Zeichen sein könnte, wenn man denn an Zeichen glaubt.

Once

Daheim sehe ich den Poststapel der vergangenen Wochen durch und öffne die Pakete mit den Büchern der Frühjahrsprogramme. Ich putze meine Wohnung, fülle den Kühlschrank und setze mich aufs Sofa, um zu lesen. Stück für Stück komme ich an. Ich beschäftige mich mit den hölzernen Zettelkästen. Ich sortiere beschriebene Karteikarten. Jeder Notiz ordne ich eine Zahl zu. Ich schreibe Schlagworte auf die Rückseite und übertrage sie in einen Index-Kasten. Mal geht es um Zucht, Moral, Form, wenige Karten weiter um Schönheit, Begehren, Ewigkeit.
Ich hatte mit dieser Technik des Sortierens während des Studiums begonnen, in der Hoffnung, eine Struktur für all jene Ideen und Gedanken zu finden, die damals im Stundentakt auf mich eindrangen und kaum zu fassen, zu verbinden waren.
Ich bin erfüllt von der Vorstellung, dass die modernen Internet-Suchmaschinen ebenso wertlos sind wie das Wikipedia-Archiv, weil allein zählt, was der einzelne Mensch, der sich hineinwirft in die Welt mit seiner Neugier, seinem Schmerz und Intellekt, finden kann, was nützlich ist für andere, vor allem aber für sich selbst. Die Welt erscheint im Kopf, nur da kann sie geordnet werden. Ich schreibe Bewerbungen – und mit einer habe ich Glück.

Ende Mai werde ich zu einem Gespräch in einer Hamburger Literaturagentur eingeladen. Der Chef heißt Walter Dierks. Ein wohlmeinender Mann, der sein Geschäft vor wenigen Monaten angemeldet hat, nachdem er jahrelang als Lektor eines wichtigen Publikumsverlages tätig war.
Ich ziehe ein weißes Hemd an und begebe mich zum Hauptbahnhof. Nervös versuche ich während der Fahrt, meinen Blick auf der flachen Weite vorbeiziehender Felder ruhen zu lassen. Doch es gelingt mir nicht, ich bin zu angespannt.
Vor dem Agenturgebäude schließlich, einem alten Hanse-Kontor, habe ich das Gefühl leichter Übelkeit. Einer meiner Backenzähne pocht, mir ist unwohl. Ich lindere die Schmerzen mit zwei

Citalopram, melde mich beim Pförtner und frage, wo man sich die Hände waschen könne.

Im Spiegel kontrolliere ich den Sitz meines Kragens. Ich knöpfe das Jackett zu und lasse den untersten Knopf offen stehen, wie es üblich ist in geschlossenen Räumlichkeiten.

Dann trete ich aus dem Toilettenbereich.

Der Agenturchef erwartet mich bereits und geht vom anderen Ende des Vestibüls auf mich zu. Er ist Anfang sechzig und trägt sein graues Haar halblang. Monaco Walter wird er im Betrieb genannt, auf Empfängen, Lesungen, Verleihungen, sofern er nicht in Hörweite steht. Ab achtzehn Uhr hat er stets ein Bierglas in der Hand. Seine Garderobe besteht aus dunkelblauen Hemden, die er mit Hosen aus hellem Stoff und Segeltuchschuhen kombiniert. Sein Klingelton ist ein alter Schlager aus Italien.

»Wie schön«, sagt er, »wie schön.«

Wir nehmen die Treppe.

Ich werde gefragt, ob ich je in diesem Haus gewesen sei, wo die Redaktion einer angesehenen Wochenzeitung zwei Etagen belegt. Ich verneine schüchtern.

»Es wird Ihnen gefallen, kommen Sie mit, hier entlang.«

Dierks spricht mit jovialer Selbstverständlichkeit, als hätten wir beide bereits auf etlichen Verlagsveranstaltungen zusammengestanden.

»Setzen Sie sich«, sagt er, als wir sein Büro betreten haben.

Er deutet auf einen Freischwinger, der leicht schräg an der Besucherseite eines Eichenholzschreibtisches platziert steht, auf dem ein flacher Computermonitor, ein altes Telefon mit Wählscheibe und etliches Papier, ausgedruckte Romanfahnen, verschiedene Waschzettel, einige Bestellformulare für die Herbstauslieferungen dieses Jahres ihre Ordnung einhalten. An der Wand linker Seite hängt eine goldgerahmte Panoramaansicht von Düsseldorf um 1830, an der rechten stehen Bücherregale aus Metall. Die Sekretärin bringt Kaffee. Dierks lehnt sich zurück und schaut mich an, als überlegte er noch, was anzufangen sei mit mir, während ich ein wenig steif, die Beine übereinandergeschlagen, bemüht bin, einen guten Eindruck zu hinterlassen.

»Sie fragen sich möglicherweise, weshalb ich Sie eingeladen habe«, sagt er, »wir beide wissen, dass die Zeiten schwer und Sie, wie so viele andere in unserer Branche auch, auf Jobsuche sind.« Ich schweige. Meine Übelkeit kommt wieder. Ich öffne das Jackett. Der Hemdkragen scheint sich enger um meinen Kehlkopf zu schließen. Ich versuche, bedachtsam durch die Nase ein und den Mund auszuatmen. Ich warte ab.

»Es ist so«, sagt er, »wir wollen jemanden, der sich nicht nur mit Literatur gut auskennt, sondern jemanden, der zwischen den modernen Medien pendelt, der das Internet konstruktiv benutzen kann, wir brauchen jemanden, der unsere jüngeren Klienten begreift, verstehen Sie?«

Ich verändere meine Sitzposition, schlage das linke Bein über das rechte, in der Hoffnung, meine Übelkeit werde nicht bemerkt. Meine Hände zittern.

»Was müsste ich tun?«, frage ich.

»Ein wenig reisen, sehr viel lesen, auswählen, die Verlagskollegen hier und da bei Laune halten.«

»Aber warum ich?« Ich habe das Gefühl, die Entscheidung könnte schon vor diesem ersten Treffen auf mich gefallen sein.

»Ich hab' mich auf der Leipziger Messe umgehört, mir Tipps geben lassen, ich will schließlich nicht allein hier rumsitzen.«

Meine Pupillen weiten sich.

»Natürlich wurden viele Namen ins Spiel gebracht, aber«, Dierks beugt sich nach vorn und sieht mich an, »jeder Zweite hat von Ihnen gesprochen.«

Auf dem Rückweg zum Hauptbahnhof denke ich über jenen letzten Satz nach, den Walter Dierks fallen ließ, als wir wieder im Vestibül standen, um uns voneinander zu verabschieden.

»Wenn sie den Job annehmen, lieber Kristian, dann ist das irgendwann wie eine Professur: und wird auch so bezahlt.«

Ich war von der Selbstverständlichkeit ergriffen, mit der im späteren Verlauf des Gesprächs Vokabeln wie Nebentätigkeiten, Prozente oder vermögenswirksame Leistungen aufgekommen waren, wie Dierks freimütig von seiner Villa in Rotherbaum und dem weißen Mercedes-Coupé erzählt hat.

»Leasing, kein Neid bitte.«

Es ist später Mittag. Ich gehe, nachdem ich auf die Lange Reihe eingebogen bin, in einen Supermarkt und löse einen der Einkaufswagen aus der Reihe, den ich dann langsam über den Steinfußboden rollen lasse. Im Bereich der Obst- und Gemüseabteilung bleibe ich stehen und schaue über die angebotenen Waren.

Es gibt dickblättrigen Mangold und ockerfarbene Tomaten aus Süditalien, chinesische Knoblauchknollen, die zwischen französischen Schalotten und weißen Perlzwiebeln aus heimischem Anbau leuchten; vis-à-vis süß duftende Juni-Kirschen, frische Erdbeeren und fein gemaserte Gravensteiner Äpfel aus dem Alten Land. Ich lege eine Handvoll schwarzer Tomaten in den Wagen, zwei Bündel Rauke, Salbeiblätter und ein Pfund mehliger Agria-Kartoffeln. Dazu stelle ich einen Topf Basilikum, bevor ich weitergehe Richtung Kühltheke, wo ich dünnes Kalbfleisch ordere, zwei Lagen Parmaschinken, ein Stück vom kräftigen Gruyère und ein halbes Dutzend Freiland-Eier.

Ich lasse mir Zeit, kaufe eingelegte Taggiasca-Oliven, Eiswürfel und eine Kühlbox, zwei Flaschen Lugana Bianco, Mascarpone, eine Packung Löffelbiskuit. Nach einer Dreiviertelstunde, die ich von Gang zu Gang schlendernd im Supermarkt verbracht habe, steuere ich die Kasse an, um mit meiner Kreditkarte zu zahlen.

Als ich im Bordbistro sitze, schreibe ich zwei meiner besten Freunde, Michael und Olivia, über WhatsApp an: »Es gibt Saltimbocca, kühlen Wein und Neuigkeiten. 19 Uhr bei mir? Ich koche.«

Danach bestelle ich einen halben Liter Weizenbier, schalte HVOB an und höre das komplette *Trialog*-Album bis zur Einfahrt in den Bremer Hauptbahnhof.

Zu dritt sitzen wir später am Küchentisch meiner Wohnung. In der Pfanne liegt eine letzte Scheibe des Kalbfleischs, mit der Unterseite getaucht in bereits erstarrter Butter, die matt schimmernd den schwarzen Teflonboden bedeckt.

Nach meiner Ankunft in Bremen hatte ich sofort mit den Vorbereitungen für das Abendessen begonnen, die Kartoffeln aufgesetzt, meine Cafetière auf die Kochplatte gestellt, Löffelbiskuit in einer Glasschale ausgelegt und wenige Minuten später mit frisch gebrühtem Espresso und einigen Esslöffeln Amaretto übergossen. Das Kalb wurde mit San Daniele und Salbei gespickt, der vorsichtig gesäuberte Salat angerichtet, Eischnee unter die Mascarpone-Creme gehoben.

Zum Ende des Abends nehme ich eine Flasche Single-Malt-Whisky von der Arbeitsplatte und schenke drei Gläser ein. Gemeinsam gehen wir auf den Balkon, um zu rauchen. Dort stehen wir beisammen, trinken den Glenrothes und sind so still wie es nur möglich ist bei vertrauten Freunden, die seit etlichen Jahren ein Leben teilen.

Die beiden wohnen zwei Kilometer entfernt, gemeinsam mit der neunjährigen Ronja, mitgebracht aus der ersten, schnell gescheiterten Ehe Olivias, die nun einen Arm um die Hüfte ihres Freundes geschlungen hält. Ich stehe schräg hinter den beiden, schaue über die Silhouette meiner Freundin und erinnere mich an jene lang zurückliegenden Berührungen, an meine Hand auf ihrem nackten Hintern, als wir gemeinsam im Bett lagen und ich sagte, dass ich endlich verstehen würde, »warum die Größe des Menschen darin besteht, dass er gleichzeitig elendig ist.« »Wir müssen das hier beenden«, hatte Olivia damals entgegnet, »ich habe jemand anderen kennengelernt.«

»Bei mir ist es ähnlich«, hatte ich gesagt, und Olivia hatte daraufhin gefragt: »Helfen wir uns gegenseitig, zwei schöne Beziehungen zu haben?«

Ich hatte mit leichter Verzögerung nickend zugestimmt, und als wir uns ein letztes Mal auf vertraut-intime Art betrachteten, hatte in ihrem Blick mehr Abschied gelegen als in meinem.

»Vielleicht finden wir Ruhe«, hatte Olivia dann geflüstert und ganz leise wiederholt: »Vielleicht.«

Anfang Juli sitze ich mit freiem Oberkörper auf der doppelbreiten Matratze, während sich die Nacht hinter dem gekippten Fenster auf knapp unter zwanzig Grad abkühlt. Ich kann nicht einschlafen, habe meinen Roman vor einer guten Stunde auf den Dielenboden gelegt, und als kurz vor zwei mal wieder Schreie aus einer der Nachbarwohnungen zu hören sind, stehe ich auf, um barfuß durch den Flur zur Küche und weiter auf den Balkon zu gehen, wo die Zigaretten neben einer leeren Smoothie-Flasche, meinem Aschenbecher-Ersatz, liegen. Ich will es nicht mehr hören, dieses Klagen eines mir unbekannten Mannes, dem offenbar niemand helfen kann. Mein Anruf beim Vermieter vor wenigen Tagen war ergebnislos.

Gegenüber brennt gelbes Licht hinter dünnfädigen Schlafzimmer-Gardinen. Der Rest des Wohnblocks liegt im Dunkeln. Schemenhaft erkennbar sind meine Nachbarn – beim Einschlafsex, sofern ich das richtig zu deuten vermag. Ich habe die beiden beobachtet, wie sie sich morgens, für alle sichtbar, Beweis ihres zärtlichen Zusammenseins, verabschieden mit einer letzten, langen Umarmung. Sie, erdbeerblond, im Blümchenkleid, scheint noch zu studieren, während er, wenige Jahre älter, Anfang dreißig, Schreiner sein könnte oder Dachdecker, immer einen Zollstock in der Beintasche.

Abends gehe ich häufig zum Atelier im gegenüberliegenden Erdgeschoss, sitze dann da, spiele Schach bei billigem Bier, lasse mir von den Kunststudenten, die den Raum gemeinsam angemietet haben, mit Ölfarbe bemalte Holzplanken zeigen, Skizzen von Aktkursen an der Universität. Manchmal bringe ich eine Flasche Bourbon mit, Zigaretten oder aussortierte Bücher. Die Studenten fragen sich in lauter Runde, ihre Diskussion erstreckt sich tatsächlich über mehrere Wochen, ob es etwas »Nicht-Richtiges« geben könne, wenn wir nur »wahrnehmen«, was ist und das Verb »falschnehmen« nirgends existiere. Sie sprechen darüber, dass es keine deutsche Entsprechung gebe für den englischen Begriff »mind«, der »irgendwie die intelligente Instanz, das bewusste Denken und Verhalten bezeichnet, was nicht gleichgesetzt werden kann mit dem deutschen ›Geist‹ oder mit der Annahme eines Bildes, das einem Kind vor der Seele erscheint.«

Diese kryptische Feststellung stammte von Dimitri, der konsequent gebrauchte Anzüge von Hedi Slimane trägt, Philosophie studiert und mich nachts um halb drei als Autorität heranzieht, wenn ich, berauscht vom Alkohol und betört von der dichten Wärme, mal wieder beobachte, wie Isabelle, zwanzig Jahre jung, stolz wie ein Nacktmodell von Egon Schiele, auf dem Sperrmüll-Sofa mit angezogenen Knien dasitzt und sich wenig darum schert, wie ihr H&M-Kleidchen wohl gerade fällt, was es verhüllt oder sichtbar werden lässt. Sie ist unberührbar. Isabelle geht grundsätzlich allein nach Hause.

Die Phase vor der tatsächlichen Einstellung ist verwirrend. Es gibt zwei weitere Gespräche. Ich muss einen Probearbeitstag absolvieren. Zwischendurch signalisiert Dierks, dass es einen zweiten Kandidaten gäbe, dann ruft er an, damit ich doch unterschreibe. Ich fühle mich hin- und hergeworfen, fremdbestimmt und gehetzt.

Die ersten Wochen sind fürchterlich. Am letzten Montag im Juli vergesse ich vor der Heimfahrt meinen Mantel mit den Wohnungsschlüsseln. Ich fahre dennoch nach Bremen, um mit Michael ein Feierabendbier zu trinken, und habe kurz danach ein Problem. Mein Nachbar hat mich zwar ins Treppenhaus gelassen, aber vor der entscheidenden Tür muss ich kapitulieren. Ich suche im Internet nach einer Telefonnummer und rufe bei einem Schlüsseldienst an.

Ich warte eine Dreiviertelstunde, bis zwei Männer in Drillichkleidung und mit Werkzeugkoffern die Treppenstufen hinaufkommen. Ich muss meinen Personalausweis vorzeigen und einen zweiseitigen Vertrag unterschreiben, der den Handwerkern unter anderem erlaubt, meine Tür aufzubrechen. Verzweifelt sehe ich zu, wie man den Knauf mit einer großen Zange abbricht, dann Stößel und Hammer ansetzt, um das Schloss zu entfernen. Die Prozedur dauert zwanzig Minuten.

»Sicherheitsschloss, hier gibt es die Codekarte, alles wie gewünscht«, sagt einer der Männer abschließend.

»Was bekommen Sie?«, frage ich.

»Eintausendeinhundertachtundsechzig Euro«, sagt der andere und fügt hinzu: »In bar!«

»So teuer?«, entgegne ich entsetzt.

»Sie haben den Vertrag unterschrieben«, sagt der Erste, nun im bedrohlichen Ton.

»Das akzeptiere ich nicht!«

»Sollten Sie!«

»Ich rufe die Polizei.«

»Das ist gewiss nicht in Ihrem Sinne.«

»Wollen Sie mich verarschen?«

Ich bin aufgebracht, greife zum Telefon, wähle die 110, und während ich mit dem Beamten rede, wird das neue Schloss wieder ausgebaut.

»Bleiben Sie hier!«, rufe ich.

»Das ist ein Trickbetrug«, sagt der Beamte am Telefon.
Ich entgegne: »Sie müssen mir helfen!«
»Werden Sie bedroht?«
Ich kann es nicht fassen. »Die Tür ist sperrangelweit offen, ich
habe kein Schloss ...«
»Wir werden einen Wagen rausschicken«, sagt der Polizist, »das
wird aber eine Weile dauern.«
Die Männer sind verschwunden. Erschöpft setze ich mich auf
die Treppenstufen. Ich habe Lust auf eine Zigarette, aber meine
Packung ist leer.

Drei Tage später finde ich einen freien Platz an einem der
Einzeltische im Winterhuder Café Elbgold. Mir ist gestattet,
einen Arbeitstag pro Woche zu Hause zu verbringen, damit ich
lesen kann. Niemand erwartet, dass ich telefonisch erreichbar
bin.
»In unserer Redaktion gab es auch einen Lesetag pro Woche«,
hatte mir mein Chef erklärt, »diese kultivierte Gepflogenheit
müssen wir bewahren.«
Ich betrachte die Frauen, die an diesem Morgen das Café bis auf
wenige Plätze besetzen. Ihr Auftreten wirkt gefällig: Fast alle
tragen blondes Haar, aufwendig frisiert. Sie zeigen ihren makel-
los geschminkten Teint. Jeder Lidstrich ist dezent dramatisch
gesetzt. Zurückhaltend getragener Schmuck, Perlen, Platin,
rundet ihr Erscheinungsbild ab.
Winzige Fachgeschäfte gibt es in Winterhude, überwiegend
geführt von Frauen, ausgerichtet auf Bedürfnisse ihrer Millieu-
genossinnen. Fasziniert bin ich vorhin durchs Viertel spaziert,
habe auf Geschäftsschilder geblickt, die bioidentische Hormon-
therapien anbieten, teures Kinderspielzeug, private Audio-
Coachings, Schneiderarbeiten nach Maß, in kleinen Serien.
Ich bin an Läden entlang, die als »Genussfaktorei« firmieren,
ein Secondhandgeschäft unter dem Label »Großes Erbstück«

vermarkten oder versprechen, in einer »Vergolderei« lieb gewonnenen Stücken neuen, helleren Glanz zu verleihen.

Mein Chef hat mir von diesen Kreisen erzählt, wo es »im Laufe der Jahre« viel Geld allein dadurch zu erwirtschaften gäbe, »dass du dich vom Lions Club quer durchs Land einladen lässt, um ihnen was Literarisches vorzutragen, am besten Klassiker.« Er hatte hinzugefügt: »Wenn du dir 'ne Hütte am Wasser leisten willst, kommst du an solchen Veranstaltungen nicht vorbei.«

In Bremen sind mir Frauen, wie sie im Elbgold anzutreffen sind, nie aufgefallen. Habe ich ihre Erscheinung ausgeblendet, gibt es sie nur hier? Es ist ein wenig wie mit Mauritius: Ich weiß, dass dieser Staat im Indischen Ozean existiert, aber ich beschäftige mich nicht mit ihm, weil er fernab meiner Lebenswirklichkeit liegt. Mauritius verbinde ich mit Modeschauen, Sonderanfertigungen und Schleichkatzen-Kaffee, mit Yachten.

»Obwohl man natürlich keine Yacht braucht«, hatte mein Chef gesagt, »es reicht, wenn man Menschen kennt, die einen auf ihre Yacht einladen.«

Im Elbgold spüre ich etwas Verbindendes mit diesen Frauen zwischen dreißig und vierzig, die ihre Louis-Vuitton-Taschen lässig auf den nebenstehenden Stuhl legen, als wären es Einkaufsbeutel vom Supermarkt. In Cafés wie diesem sitzen sie also, diese nicht mehr blutjungen Mütter, diese Gattinnen, die ihr Marineblau mit ausgeruhter Gelassenheit tragen, weil es erst elf Uhr ist und ihr Mann die nächsten Stunden arbeitet. Unter dieser Arbeit stelle ich mir Tätigkeiten vor, die an Samstagen im Anzeigenteil der Frankfurter Allgemeinen Zeitung annonciert werden.

Ich werde gegen sechzehn Uhr einen Besichtigungstermin in der Preystraße haben, wenige Hundert Meter weiter, bei einer Promotionsstudentin, die ihr zweiunddreißig Quadratmeter kleines Apartment während eines Auslandssemesters in Neuseeland von Ende August bis April kommenden Jahres untervermieten will. Ich bestelle ein Glas Prosecco; wenn mir gestattet wird, in der Arbeitszeit zu lesen, kann ich es nehmen wie einen Sonntag. Wer sollte mich hindern?

Als ich am Nachmittag im größeren Bogen zu der Wohnung gehe – ich will das tiefgrüne Licht der Alleen genießen –, sinniere ich über meine Zukunft, die als etwas Verheißendes schillernd vor mir liegt: Ich werde wieder eingeladen zu Dinner-Abenden mit Schriftstellern, auf Verlagspartys und zu Reisen in die Gastländer der Frankfurter Buchmesse. Es wird an diesen Orten zahlreiche Möglichkeiten geben, neue Veröffentlichungen aufzutun für meine Kritiken, die ich weiterhin schreiben möchte und auch schreiben darf, »solange es keine deutschen Autoren sind«, wie Walter Dierks präzisierte.
Auf mein Smartphone ist die neue Dating-App Once geladen, über die in den vergangenen Wochen viel geschrieben wurde, weil sie nur einen Partner pro Tag vorschlägt. Es wird behauptet, dass die Empfehlungen handverlesen und nicht einem Algorithmus unterworfen seien. Mit dem anderen chatten kann man, sobald beide Nutzer auf den Verbindungsbutton geklickt haben.
Meine Sucheinstellungen sind kalibriert auf Frauen im Alter zwischen zweiunddreißig und sechsunddreißig Jahren, weil ich keine Lust habe auf Unverbindlichkeit mit Mädchen, die mehr sich selbst als einen Partner für die lange Dauer suchen.
Das Geschäftsmodell von Once ist bislang undurchsichtig. Es gibt Gerüchte, dass in wenigen Tagen eine Version auf den Markt kommen soll, die es ermöglicht, Matches mit dem Kauf von sogenannten Extra-Kronen zu beeinflussen.

Die Besichtigung dauert länger als erwartet. Die Studentin serviert selbst gebackenes Bananenbrot, grünen Tee und Wasser aus einer hohen Glaskaraffe, die mit einem hellen Korken halb verschlossen ist, damit kein Zitronengras in die sehr breiten, extraniedrigen Gläser rutschen kann. Gemeinsam sitzen wir auf ihrem kleinen Balkon abseits der Straße. Das Haus ist über zwei u-förmige Winkel gebaut. Ich schaue in einen Garten, der großzügig angelegt und nur von einem rostrot gepflasterten Steinweg durchbrochen ist. Den Zwischenmietvertrag unterschreibe ich kurz vor Verlassen der Wohnung, die bald für einige Monate meine sein wird. Danach kehre ich auf dem kürzesten Weg ins Elbgold zurück, wo ich zuvor über viele Stunden Kaffee getrunken und später in einem Roman gelesen habe.

Inzwischen ist es halb sechs abends, und jene Frauen, die mit mir den Tag geteilt hatten, sind verschwunden. Am Straßenrand parken teure SUV, Sportwagen und schwarze Cabrios. Es hat eine andere, eine ungesicherte Stimmung in dieses Café Einzug gehalten, vielleicht weil die Babys fehlen, die am Nachmittag unbeholfen nach dem Gesicht ihrer Mütter gegriffen hatten, vielleicht auch, weil es keine Freundinnen gibt, die sich im Gespräch einander näherbeugen, um eine Indiskretion auszutauschen, keine Mittdreißigerinnen, die manchmal aufstehen und sich niederknien, um ihr krabbelndes Kind einzufangen. Selbstverständlich haben die Frauen ihre teuren Taschen mitgenommen.
Jetzt sitzen hier Männer in dunklen Maßanzügen mit gelockerter oder abgelegter Krawatte. Ich mustere die rahmengenähten Lederschuhe, den akkuraten Sitz ihrer Hemdkragen und bin beeindruckt von der vitalen Gesichtsbräune dieser Familienväter. Alkohol wird ausgeschenkt.
Ich verlasse das Café nach wenigen Minuten, weil ich nicht warten will, bis diese Männer aufbrechen, um zu Hause ihre Familie, ihre Gattin, ihre Kinder zu begrüßen, um sich hinzusetzen an den gedeckten Tisch. Die Zahnschmerzen, die zwischenzeitlich verschwunden waren, sind wieder aufgetreten.

Am kommenden Tag muss ich nicht warten. Ich hatte eine medizinische Behandlung für achtzehn Uhr vereinbaren können, bei einem Zahnarzt in unmittelbarer Nähe der Agentur. Ich liege unter kaltweißem Behandlungslicht. Man hat mir ein Papiertuch umgehängt, den grünen Sekretschlauch in den linken Mundwinkel gehakt, einen Wattetampon auf der anderen Seite zwischen Kiefer und Schleimhaut eingesetzt, und nun begutachtet der Arzt mit einem Winkelspiegel die unteren Backenzähne.

»Das ist eine Malaise«, sagt er und zieht seinen Hygieneschutz kurz nach unten. »Sie haben an der Sechsunddreißig eine Füllung verloren; wie es aussieht vor einiger Zeit. Der Zahn ist kariös.«

Mir wird schwindelig.

»Ich werde die Schadstelle reinigen und Ihnen eine vorübergehende Füllung einsetzen. Aber Sie werden wiederkommen müssen«, sagt der Arzt, »das kann sich entzünden, wenn wir nicht beizeiten etwas unternehmen.«

Ich nicke und sehe nun, wie die Helferin eine Lidocain-Spritze vorbereitet.

»In zehn Minuten wird es Ihnen besser gehen«, sagt der Arzt und klopft mir auf die linke Schulter. »Und beim nächsten Mal erzählen Sie mir bitte von Ihrer Tätigkeit. Ich hörte, Sie sind im literarischen Bereich angestellt? Meine Frau und ich haben Karten für den Herbst gekauft: Michel Houellebecq, am 30. Oktober. Lange hin. Wenn er liest, werden Sie sich kaum mehr an diese Komplikation erinnern. Das verspreche ich Ihnen.«

Tatsächlich verschwinden die Schmerzen ungewöhnlich schnell, und wie groß sie gewesen sind, habe ich vergessen, als ich am Sonntag, dem 7. August in einem Biergarten sitze und die Angelegenheit mit der provisorischen Füllung längst zur Seite geschoben ist.

Ich höre das sehr ruhig komponierte *Borderline*-Album vom Kölner Produzenten-Duo Coma. Die Musik läuft über mein neues iPhone, das ich in einem bauhaus-weißen Apple-Store an der Binnenalster erstanden habe vom ersten Gehalt.

In der Ferne sind die gewaltigen Schiffskräne von Blohm+Voss flutlichthell angeleuchtet. Es ist warm. Selbst jetzt, um dreiundzwanzig Uhr, sitzen viele Menschen draußen. Ich fühle mich beruhigt. Es riecht nach heißem Asphalt, Grillkohle, Bier, Sonnencreme. Ich habe zwei Jever getrunken und bin dann auf Mineralwasser umgestiegen. Ich spüre einen leichten Sonnenbrand auf der Stirn, weil ich zuvor schutzlos am Wasser gelegen und den Hamburger Ausflugsschiffen hinterhergesehen habe, auf ihrem Rückweg von der Binnenalster Richtung Winterhude. Ich sitze im Düsteren. Nur eine kleine Kerze spendet meinem Tisch Licht. Als hinter mir laut gelacht wird, sehe ich kurz von meinem Smartphone auf und drehe mich um.

Während dieser Sekunden verknüpft mich Once mit Kalina, einer brünetten, fünfunddreißigjährigen Frau. Dann sehe ich drei Bilder. Kalinas Profil ist nicht mit Instagram verlinkt, aber sie hat ebenso wie ich die Facebook-Seiten der Electro-DJs Marek Hemmann, Felix Jaehn und Elderbrook favorisiert. Auf dem ersten Foto zeigt sie sich von der Seite. Kalina sitzt mit angewinkelten Beinen auf einem Balkonboden und schaut in die Sonne. Auf dem zweiten, einem Selfie, hat sie ein Auge zusammengekniffen und blickt fröhlich in die Kamera. Sie trägt das Trikot der dänischen Fußball-Nationalmannschaft. Auf dem dritten tanzt sie in einem Club, und vielleicht ist es Glitzer, der ihr Haar schimmern lässt.

Ich öffne das Chatfenster und schreibe: »Liebe Kalina, wie schön, dass wir uns hier treffen: Du schaust so freundlich aus. Was hat Dein Sommertag gebracht?«

Sie antwortet sofort. »Guten Abend, ich freue mich, von Dir zu hören, lieber Kristian; und vielen Dank, das kann ich alles nur erwidern, auch Dein Charisma ist interessant. Arbeitest Du tatsächlich in einer Literaturagentur?«

»Seit Kurzem, ja, viel zu lesen ... Was machst Du?«

»Ich bin Ärztin. Zahnärztin, um ehrlich zu sein. Ich bin von Dir beeindruckt, Kristian. Aufrichtig.«

»Warum beeindruckt?«

Der Blitz eines Fotoapparats erhellt die Terrasse für den Bruchteil einer Sekunde.

Kalina fragt, ob ich mich an diesem Sonntag ausgeruht hätte.

»Ein wenig, beim Lesen«, antworte ich.

»Du liest vermutlich den ganzen Tag. Ich habe ein paar Dinge für die kommende Woche vorbereitet, mich sportlich betätigt, erst Spinning, anschließend Bodypump (die Bikinifigur muss wiederhergestellt werden), und danach ging es mit Freunden in den Park zum Picknicken. Ich habe ihnen etwas vorgelesen. Zarte Grüße vom Balkon.«

Ich schreibe, dass Kalinas Nachrichten »warm und herzlich« wirkten.

Sie antwortet: »Dating kann frustrierend kalt sein. Ich weiß.«

Ich schreibe über einen Film, den ich später auf meinem Laptop sehen will. Ich erzähle von dem neuen Roman eines Schweizer Schriftstellers, den ich gestern zu lesen begonnen habe. Ich erfahre, dass Kalina in Hamburg lebt, aber in Padborg eine große Zahnarztpraxis leitet. Sie schreibt, dass ihr Vater Pole, ihre Mutter Dänin, dass sie eine Frau »made in Europe« sei. Ich gestehe, dass meine Familiengeschichte kompliziert geworden sei, nachdem mein Vater eine neue Frau geheiratet habe, die ebenso alt sei wie ich.

Kalina spricht fünf Sprachen, ist in Barmbek aufgewachsen und hat vor wenigen Wochen die deutsche Staatsbürgerschaft beantragt.

Ich schaue im Internet nach, was Spinning (Indoor-Fahrradfahren) und Bodypump (Langhantel-Fitness) sind.

Ich schreibe: »Sportliche Figuren werden überschätzt. Wenn jemand zu durchtrainiert ist, denke ich: Was man in der Zeit nicht alles hätte lesen können.«

»Vielen Dank für ein weiteres schönes Kompliment. Die Welt ist ein wenig besser, wenn wir achtsam miteinander sind.«

»Was hast Du Deinen Freunden im Park vorgelesen?«

»Es war ein gesellschaftskritischer Artikel über die Entwicklungen in den USA.«

Mit den Entwicklungen in den USA kenne ich mich nur wenig aus. Ich wechsele das Thema und schreibe: »Mir fällt auf, dass Du auf jedem Bild anders aussiehst. Das finde ich außergewöhnlich.«

Kalina bedankt sich erneut und fügt hinzu: »Ich denke, dass ich auch in Deinen Bildern Facettenreichtum erkennen kann.«

Ich entscheide mich für ein drittes Jever und schreibe: »Da wir schon bei Facetten und verschiedenen Möglichkeiten sind: Wollen wir telefonieren oder morgen einen Kaffee trinken? Um mit der Tür ins Haus zu fallen.«

Nun ist sie es, die nachdenkt.

»Ich wäre sehr für beides zu haben. Ohne die Tür einzurennen. Rufst Du mich in der Mittagspause an?«

»Gern.«

»Lieber Kristian, ich müsste längst die Augen schließen; morgen ist ein anstrengender Tag. Ich gebe Dir meine Nummer.«

Ich frage, ob sie WhatsApp habe, und wünsche ihr eine gute Nacht. »Schlaf schön, charmante Kalina.«

Sie antwortet ein letztes Mal und schreibt: »Ich freue mich auf Dich! Schlaf schön und bunte Träume!«

Am späten Mittag habe ich mit Kalina telefoniert und das Fiedler's als ersten Treffpunkt vorgeschlagen, direkt am Wasser, wo ich nun seit drei Stunden sitze und zwischenzeitlich versunken war in die Lektüre des Schweizer Romans, der mit der

Schilderung eines Seppuku einsteigt, jener japanischen Weise des ritualisierten Suizids, dessen martialische Brutalität mich beunruhigt.

Jetzt schaue ich zum Wasser der Außenalster und folge mit den Augen den kleinen Wellen, die sacht an der Uferkante auflaufen.

In meinem Blickfeld stehen eine Trauerweide, etliche Buchen und rechter Seite hinter der Wasserkante drei Stadtvillen, die an diesem Tag verlassen wirken. Die Vorhänge hinter allen Fenstern sind zugezogen.

Bislang habe ich nichts gegessen, sondern nur Kaffee getrunken.

Ich ermahne mich, nicht allzu sehr im Vorfeld eines Treffens zu glühen, das vielleicht nur ein kurzes Gespräch in angenehmer Atmosphäre sein möchte, mit zwei Drinks im Abendlicht, eine Begegnung, auf die keine weitere folgen muss.

Ich denke über Kalinas Beobachtung nach, dass Dating frustrierend kalt sein könne, und darüber, dass ich ankommen, nicht mehr suchen, sondern bei jemandem sein möchte, den ich wirklich begehre, für immer.

Ich frage mich, ob das Fiedler's angemessen ist. Ich habe keine Ahnung, wo Frauen wie Kalina ausgehen. Mir gefällt es hier, weil die Terrasse verwinkelt ist, mit Bootsplanken ausgelegt, auf denen verschiedenfarbige Tische und Stühle stehen. Durch das Ensemble wirkt der Laden bodenständiger als viele andere Cafés in Winterhude.

Ab viertel vor sechs werde ich nervös, schaue abwechselnd in meinen WhatsApp-Account und hinüber zu jener Steintreppe, die vom Mühlenkamp hinabführt zur Alsterterrasse, wo ich im Verborgenen sitze und inzwischen ein Bier bestellt habe.

Kalina ist offline.

Das Café füllt sich.

Es sind überwiegend Männer, wie ich sie schon vor wenigen Abenden im Elbgold gesehen habe.

Ich folge dem Gang einiger Frauen. Hinter jeder vermute ich Kalina. Ich habe weder nach ihrer Größe gefragt, noch, woran wir uns erkennen können, ob sie ihr Haar so trägt, wie im Dating-Account zu sehen. Natürlich weiß ich nicht, wie alt ihre Once-Bilder sind. Die Sonne blendet. Ich schließe für einen Moment die Augen, und während ich nur das Nachglühen des Lichts auf dunklem Grund sehe, spüre ich plötzlich, wie sich ein Schatten über meine Stirn legt. Scheinbar aus der Ferne ist eine Stimme zu hören, die nun mich meint. Ich blicke auf, wo in verlegener Pose eine Frau direkt vor mir steht im geöffneten Sommermantel, darunter ein Kleid, keine Strumpfhose, hochhackige, rote Schuhe.

»Kristian?«

Die Frau, die nun direkt in mein Gesicht blickt, hat eine Stimmfarbe, die heller klingt als ich sie von dem kurzen Telefonat in Erinnerung habe. Kalinas Lächeln wirkt sanft, ihre Körperhaltung verrät Unsicherheit. Sie wartet, bis ich aufstehe. Kalina umarmt mich und dreht mir danach den Rücken zu. Ich helfe ihr aus dem dünnen Mantel.

»Wie schön«, sage ich, weil ich nicht weiß, welche Worte angemessen sind.

Sie setzt sich mir gegenüber.

»Hast du gut hierher gefunden?«, frage ich.

Sie lächelt. »Ich bin Hamburgerin.«

»In Barmbek groß geworden, das habe ich mir gemerkt.«

Kalina nickt. »Hattest du einen schönen Tag?«

»Ich habe auf dich gewartet«, sage ich.

Im Verlauf der folgenden Stunde wird unser Gespräch gelöster. Kalina erzählt von ihrer Eigentumswohnung in Eppendorf, zu der sie später fahren müsse, weil es Probleme mit den Heizungsrohren gäbe.

»Ich treffe mich mit meinem Architekten, der wirklich zerknirscht ist über diesen Pfusch«, erklärt sie. »Warum muss mir

das ausgerechnet bei Ihnen passieren?‹, hat er sich entschuldigt.
›Sie sind mir von Beginn an sympathisch gewesen, Frau Mickiewicz, ich wollte es so gut wie möglich machen. Sie sind immer
so freundlich‹«.
Er hat recht. Kalina ist sehr freundlich. Sie lächelt die ganze Zeit.
Ich höre zu und versuche, mir die unterschiedlichen Details zu
merken, die sie vor mir ausbreitet. Bei ihrem Nachnamen muss
ich an Adam Mickiewicz denken, den Begründer der polnischen
Romantik, dessen melancholisch gestimmte Gedichte mich
immer wieder angerührt und in eine rätselhafte Schwingung
versetzt haben.
»Wie bist du an diesen tollen Job gekommen, Kristian?«
»Es war Glück.«
»Ich vermute«, sagt Kalina, »dass mehr als Glück im Spiel war.«

Um kurz nach sieben steht sie auf und entschuldigt sich. »Möch-
test du mich wiedersehen?«
»Unbedingt«, sage ich und bin ob meiner schnellen Erwiderung
überrascht.
»Bleibst du hier?«
»Ich gehe wahrscheinlich nach gegenüber, ins Liman.«
»Die haben großartigen Fisch.«
»Falls dein Termin auf der Baustelle nicht zu lange dauert, könn-
test du später hinzukommen.«
Kalina lächelt. »Wenn du so lieb bist und ein weiteres Mal auf
mich warten möchtest«, sagt sie, »dann melde ich mich später.
Ich zahle kurz und werde mich beeilen.«
»Das heißt, wir haben ein Date?«
»Ja, heute.« Sie steht auf.
»Ich übernehme die Rechnung«, sage ich und helfe ihr in den
Trenchcoat.
Sie dreht sich um. Ganz dicht steht Kalina vor mir.
»Noch nicht jetzt«, flüstert sie.

Ich sitze an einem der frei gewordenen Tische auf der Terrasse vom Liman und bestelle gegrillte Gambas mit Amalfi-Mayonnaise. Ich versuche abzuschätzen, wie lange wohl ein Architektentermin dauern mag.

»Wie lief's?«, fragt Olivia über WhatsApp, der ich am Nachmittag ein Foto von Kalina geschickt habe. »Das ist eine sehr schöne Frau mit Stil, eine Prinzessin«, war ihre Antwort.

»Ich glaube, sie gehört zu den Guten«, schreibe ich zurück, »wie sieht es bei Euch aus?« – »Es geht, könnte besser sein, aber erzähl von Dir.«

Dann kommen die Gambas. Ich lege das Telefon zur Seite, weil ich keine Lust habe, meiner Freundin Näheres zu berichten über diese Begegnung. Irgendetwas, das ich von der Anschauung nicht zum Begriff erheben kann, war anders als mit jenen Frauen, die ich bisher in wechselnden Bars und Cafés von Hamburg und Bremen getroffen hatte.

Der Abend kühlt sich nur unmerklich ab. Ich sitze seit dreieinhalb Stunden in der Wärme, mit den kleinen Kopfhörern im Ohr, um hin- und herzuwechseln zwischen dem Electro-Album *Borderline*, das mit jedem Mal rätselhafter wird, und dem glasklaren *Halcyon Days* von Ellie Goulding. Als mein Hunger zu groß wurde, habe ich den Mittelmeer-Teller mit Filets von Dorade und Wolfsbarsch bestellt. Es wurden Röstkartoffeln, eine hausgemachte Remoulade und ein kleiner Salat gereicht. Nun bin ich satt und spüre, dass mir der Alkohol in den Kopf steigt.

Ich will nicht mehr warten und schreibe: »Liebe Kalina, das klingt nach einem anstrengenden Termin. Inzwischen haben wir halb elf. Du bist vermutlich noch auf der Baustelle?«

Ich lehne mich zurück und überlege, was man geleistet haben muss, um sich im Alter von Mitte dreißig ein Apartment in Eppendorf kaufen zu können, wenn man ganz allein lebt.

Ich muss an das Reihenhaus meiner Eltern denken, daran, wie wir kurz nach der Wende aus der Mietwohnung ausgezogen waren, um als vierköpfige Familie in einer Siedlung außerhalb der Stadt anzukommen, wo samstagmorgens der Rasen gemäht wird und wir noch im gleichen Jahr einen Gärtner engagiert hatten, um die alte Zeder vor dem Küchenfenster zu stutzen.

In den Tagen vor der Fußball-WM hatte mein Vater unseren alten Schwarz-Weiß-Fernseher gegen ein nagelneues Grundig-Modell ausgetauscht, und so konnte ich mit meinem Bruder den Weg der ersten gesamtdeutschen Mannschaft zum Titelgewinn in Farbe verfolgen.

Wir hatten uns das Zimmer teilen müssen, direkt am Balkon über der Reihenhausterrasse, auf dem ich ein Jahr später meinen Chemiebaukasten ausprobieren sollte, für wahllos erdachte Experimente, die fast ausschließlich darin bestanden, alles anzuzünden: zuerst die Aktivkohle, dann das Calciumkarbonat, zuletzt das in hellgelber Stichflamme reagierende Schwefelpulver, was einen Fleck hinterließ, der vermutlich noch immer sichtbar ist, falls die neue Familie, die vor wenigen Monaten dort eingezogen ist, keinen Fliesenleger beauftragt haben sollte. Vielleicht finde ich schon bald Zeit, um durch den verwilderten Garten meines Lebens zu gehen, denke ich, um Schneisen zu schlagen und mich zu fragen, was verloren gegangen ist auf dem Weg von der Literatur-Leidenschaft in eine Existenz.

Nach zwanzig Minuten schreibt Kalina zurück, und ihre Antwort ist enttäuschend: »Auf der Baustelle bin ich längst nicht mehr, sondern zu Hause, kurz vorm Einschlafen.«

Aus spätem Abend ist tiefe Nacht geworden. Ich liege auf meinem Hotelbett und bin verstört, weil ich mich abserviert fühle. Es ist nur eine Ahnung, die ich nicht wirklich greifen kann. Waren wir verabredet? Kalinas Antwort wirkt nicht so, als sei ihr bewusst, dass ich ihr zuliebe stundenlang im Liman gewartet habe.

Ich entsperre mein Smartphone, öffne den Chat und schreibe: »Danke für die schöne Stunde an der glitzernden Alster, liebe Kalina. Schade, dass Du nicht mehr vorbeigekommen bist, dass Du nicht abgesagt hast, obwohl Du Dich melden wolltest. Ich bin mir sicher, Du bist eine tolle Frau, aber ich werde mich zurückziehen, weil ich nicht zu jenen Männern gehöre, die dreieinhalb Stunden im Restaurant auf eine Frau warten. Es tut mir leid.«

Danach lege ich das iPhone zur Seite, öffne ein Bier aus der Minibar und schaue den Anfang jenes Kinofilms, von dem ich ihr gestern berichtet habe.

Ich friere am nächsten Morgen und ziehe die Decke über mich, greife zum Telefon und lese verwundert eine WhatsApp-Nachricht, die Kalina schon zwei Stunden zuvor gesendet hat: »Lieber Kristian, vielleicht versuchen wir es heute neu. Gestern war viel zu wenig Zeit. Ich schlage vor, dass wir uns gegen 19 Uhr treffen, um gemeinsam in meinem Mini nach Bremen zu fahren, wo Du, wenn ich es richtig verstanden habe, weiterhin Deine Wohnung hast. Dann musst Du nicht im Hotel übernachten, und ich kann abends wieder heim, ganz wie Du magst. Ich spüre, dass wir Wein trinken und unsere Zeit gemeinsam verbringen sollten, dass wir uns nicht abhandenkommen dürfen in diesem August, der gerade erst angefangen hat und Strahlendes bereithält. Du bist ein wundervoller Mann. Lass uns nicht aufgeben. Deine Kalina.«

Ich habe keine Ahnung, wie ich reagieren, ob ich dieser Frau überhaupt antworten soll. Meine Intuition rät mir, ihre Nummer zu löschen, um den Kontakt abzubrechen; als steckte in Kalinas Sätzen eine verborgene Paradoxie.

Ich stehe auf, stöpsele meine Geräte in die Ladebuchsen, gehe zum Badezimmer, wo ich eine halbe Stunde unter der Dusche stehe und nachdenke, die Stirn an die Kacheln gelehnt. Ich rasiere mich, creme meine trockenen Ohren mit Cortison-Salbe ein, nehme eines der weißen Hemden vom Haken, ziehe eine frische Bluejeans an, schnüre langsam die Lederschuhe zu. Ich kontrolliere den Sitz meines Kragens im Spiegel und gehe dann nach unten, um auf der Hotelterrasse eine der Tageszeitungen zu lesen.

Es gibt Milchkaffee und frisch gepressten Orangensaft. Noch einmal öffne ich die Dating-App, die Kalina und mich vor anderthalb Tagen verbunden hat. Ich lese ihren Satz darüber, dass die Welt ein wenig besser ist, »wenn wir achtsam miteinander umgehen.« Ich fühle mich befangen.

Am Vormittag sitze ich im Büro, denke nach und antworte erst in der Mittagspause: »Hallo Kalina, lass uns heute noch mal im Fiedler's treffen. Nach Bremen werde und will ich nicht fahren. Das Hotelzimmer ist bis Donnerstag gebucht.«

Zwei Stunden später schreibt sie zurück: »Perfekt, ich lade Dich zum Dinner ein.«

Kalina sitzt auf meinem Platz von gestern und wartet nun ihrerseits, als ich gegen achtzehn Uhr die Stufen zum Fiedler's hinabgehe. Sie steht auf, bei unserer Begrüßung fühle ich mich festgehalten.

»Wie schön«, sagt sie, lächelt und bietet mir mit offener Geste einen Stuhl an, setzt sich selbst wieder.

Kalina trägt eine weiße Hose und eine sehr teuer wirkende Bluse. Sie hat einen Gin Tonic vor sich stehen und ermuntert mich, ebenfalls einen zu bestellen. Sie bietet mir eine Zigarette an.

Wir blicken einander verschworen in die Augen.

»Gut siehst du aus«, sagt sie.

»Du auch«, entgegne ich. »Werden wir hierbleiben?«

»Wie du willst, ich habe Zeit.«

»Wir könnten später ins Harms & Schacht. Kennst du das?«
»Das ist direkt gegenüber, nicht wahr?«
»Wir können da essen. Hast du Hunger?«

Es ist der Sommer von Pokémon GO. Gegen halb zehn jagen Menschen mit ihren Smartphones am Leinpfadkanal nach virtuellen Bällen, Eiern, Tieren und Tränken, die auftauchen, sobald sie die Kamera auf den passenden Punkt in der realen Welt richten.

»Hier ist ein Pokéstop«, sagt Kalina, als wir durch die suchende Menge gehen, über den Kies ins Düstere, bis wir eine verlassene Bank finden.

»Du spielst es auch«, stelle ich fest.

Dann schweigen wir und schauen auf den Boden. Wir hören das Rascheln von Tieren im Geäst, einige fern vorbeifahrende Autos, das Gelächter der Pokémon-GO-Spielenden im Hintergrund und beruhigend leise das vorbeifließende Wasser. Dicht sitzen wir da. Kalina beißt sich auf die Unterlippe.

Ich spüre, dass meine Hände schwitzen.

Wir schauen uns an.

Wir schauen wieder weg.

Ich lege meinen Arm um ihre Schultern.

Sie betrachtet mich mit schüchternem Blick. Ich drehe mich leicht und fasse Kalina an den Hüften. Ich kann ihr Parfüm riechen. Ich kann sehen, wie sie die Augen schließt und ihren Mund leicht öffnet. Ich beobachte, wie sie fast unmerklich ihren Kopf anhebt. Meine letzten Gedanken betreffen jenen Adyton genannten Nicht-Ort, in den nur die tapfersten Krieger nach ihrem Tod auf dem Schlachtfeld Einlass erhielten, um auf mysteriöse Weise Heilung zu erfahren.

»Hej, sei nicht frech«, sagt sie, als ich später versuche, unter ihrer Bluse den BH zu öffnen.

Wer einen getunten Mini Cooper besitzt und wie Kalina am frühen Morgen vor dem Einsetzen des Berufsverkehrs von Hamburg aus Richtung Padborg aufbricht, kann die hundertsechzig Kilometer lange Strecke in knapp anderthalb Stunden bewältigen. »Ich brauche dieses Auto«, hatte sie erklärt, »ansonsten wäre das Pendeln die Hölle.«

Mit dem schwarzen Intercity der Dänischen Staatsbahn, dem Verkehrsmittel, das mir zur Verfügung steht, muss man fünfundvierzig Minuten zusätzlich einplanen.

Vierundzwanzig Stunden sind seit dem zweiten Date vergangen, und weil mir mein Chef für den nächsten Tag freigegeben hat, fahre ich am Donnerstagnachmittag los Richtung Dänemark.

»Ich wohne da seit sieben Jahren bei meinen zweiten Eltern«, hat Kalina geschrieben, »wenn Du möchtest, stelle ich sie Dir vor. Nils und Pernille sagen, ich sei ihre vierte Tochter.«

Ich öffne meinen Facebook-Account und schicke eine Freundschaftsanfrage an alle angezeigten Vorschläge von »Personen, die du kennen könntest«. Ich tippe ins Hauptmenü. Es gibt eine neue Funktion. Wenn ich mit dem Finger vom unteren Bildschirmrand rasch nach oben wische, erscheint ein Dashboard mit zahlreichen Piktogrammen. Die Helligkeit des Bildschirms kann seit dem Update gekoppelt werden an die jeweiligen Außenverhältnisse. Meine Frontkamera misst permanent die Luxstärke. Ich klicke auf eine rechteckige Fläche, die einen Halbmond zeigt. Mir ist, als hätte die Musik sofort ein sanfteres Timbre angenommen und die Icons erscheinen in unmerklich blasserer Färbung. Ich lausche dem Vogelzwitschern, das fünfundfünfzig Sekunden lang das Berliner Technostück *Ein Tag im Mauerpark* einleitet, mit allmählich einsetzenden Streichern, um dann in einen gleichtönenden Viervierteltakt zu wechseln.

»Du darfst nie wieder gehen«, hatte Kalina gestern am Telefon zu mir gesagt, »ab jetzt bist du unverzichtbar.«

Sie wartet am Gleis und umarmt mich. Ich halte Kalina lange fest, bis sie sich losreißt, bei mir unterhakt und wir zur Unterführung gehen.

»Velkommen til Padborg, min kære hjerte«, sagt sie und lächelt.

Auf einem der Gleise linker Hand steht ein leerer Güterzug, weiter abseits sind schwarz-graue Lagerhallen zu sehen. Ich schweige, während meine Freundin von ihrem Tag erzählt.

Erst als wir vor dem Bahnhofsgebäude stehen, auf das backsteinrote »Aktivitetshuset« gegenüber blicken und den Industriekomplex im Rücken haben, sage ich: »Schön ist es hier.«

»Padborg ist wahnsinnig klein«, erwidert sie. »Komm, ich zeig' dir unser Dorf.«

»Wo ist dein Auto?«

»Das brauchen wir heute nicht.«

Wir biegen in eine Straße, in der Einfamilienhäuser stehen. Nach wenigen Minuten sind wir im Ortskern. Ich bemühe mich, ein paar der Wörter zu übersetzen, die ich auf verschiedenen Plakaten und Schildern lese. Vor einem Schaufenster bleiben wir stehen, weil Exposés angeschlagen sind für Immobilien im Umland, Häuser mit niedrigen Dächern, umgeben von raumgreifenden Rasenflächen, und als ich die Preise registriere, die zwischen zwei und acht Millionen dänischer Kronen liegen, wird mir klar, dass ich in Padborg mit der Kreditkarte zahlen muss, weil ich vergessen habe, in Deutschland Geld zu wechseln.

»Sollten wir deinen Gasteltern etwas mitbringen?«, frage ich, als wir zwischen den Supermarkt-Regalen stehen, in denen fremdartige Biersorten wie das achtprozentige Harboe Bjørne Bryg neben Weinflaschen eingeordnet sind.

»Das wäre bestimmt sehr aufmerksam«, sagt sie und greift nach einem kalifornischen Chardonnay, der einhundertfünfzig Kronen kostet.

Ich kann nicht abschätzen, wie teuer die Wahl ist, und sage mir, dass meine Monatsabrechnung es zeigen wird. An der Kasse zahle ich den Wein und ein Päckchen Zigaretten, das meine Freundin geordert hat.

Als wir gefragt werden, ob eine Tüte hinzukommen solle, sagt sie schüchtern einen Satz, den ich nicht kenne, aber sofort verstehe: »Nej det er ikke nødvendig.«

Kalina, wenn sie ihr sanftes Dänisch spricht, kommt mir vor wie eine andere Person.

Im Kopf wiederhole ich diese Worte, als wir draußen sind und zu einer Eisdiele gehen. Wir setzen uns in den Schatten, bestellen Cappuccino, schauen auf einen kleinen Park, und Kalina erzählt, wie sie ihr Studium an der Kopenhagener Tandlægehøjskolen mit Aushilfsschichten in einem Flensburger Zahntechnikerlabor finanziert hat, wo sie das erste Mal mit echtem Gold in Kontakt gekommen war.

»Meine Eltern haben immer bescheiden gelebt«, sagt sie, »weil ihnen nichts anderes übrig blieb.«

»Man muss nicht wohlhabend sein«, entgegne ich, »es gibt verschiedene Formen von Reichtum.«

»Ich bewundere meine Eltern, weil sie immer umeinander gekämpft haben.«

»Nun hast du vier Eltern«, sage ich.

»Nils und Pernille gehören zu den wunderbarsten Menschen, die ich je getroffen habe.«

»Du fühlst dich wohl in Dänemark?«

»Sehr. Ich hatte anfangs überlegt, in Polen zu studieren, aber was verdient man da in einer leitenden Position, vielleicht viertausend, fünftausend Złoty im Monat?«

»Ich weiß nicht, wie viel das ist.«

»Wenn du es jetzt nachschauen würdest, wärest du entsetzt. Das sind knapp eintausend Euro.«

»Dann würde ich mich niemals von dir zum Kaffee einladen lassen«, sage ich.

»Wer behauptet, dass ich dich einlade?«, entgegnet Kalina und lacht.

Wir gehen an Feldern vorbei. Sie möchte mir die Pferde zeigen. Wir halten an einem Gatter und warten, bis eines der Tiere auf uns zutrabt und dann seinen Kopf senkt.

Meine Freundin hält ganz ruhig ihre geöffnete Hand unter die Nüstern des Pferdes. »Eigentlich sind das Fluchttiere«, flüstert sie.

Gegen zwanzig Uhr stehen wir seitlich eines weißen, reetgedeckten Bauernhauses, vor dem ein breiter Kiesweg angelegt ist. Die Gasteltern sitzen an einem runden Holztisch. Ich gehe in geringem Abstand hinter Kalina, lasse mich vorstellen und reiche dem Vater die Flasche Chardonnay, der sie mit gutmütigem Lächeln annimmt.

Er schaut aufs Etikett und sagt dann auf Deutsch, das sei »wirklich nicht nötig« gewesen.

Seit vorhin weiß ich, wie dieser Satz auf Dänisch klingt, aber wie man antwortet, ist mir unklar.

»Selbstverständlich doch«, erwidere ich und werde von meiner Freundin an die Hand genommen.

»Dein Zimmer ist fertig«, sagt Pernille, »wenn du möchtest, zeige ich es dir.«

Ich bin überrascht, dass ich in einem eigenen Zimmer schlafen werde, schultere meine Reisetasche und folge der Gastmutter, während sich Kalina setzt und vom grünen Salat nimmt, der mitten auf dem Gartentisch steht.

Sie ist nicht mit mir nach oben gegangen, denke ich und packe meine Sachen aus der Reisetasche, lege sie in eine kleine Kommode: die Socken und ein Paar Unterhosen, zwei Romane, meine

Waschutensilien, die Kondome und einen eingeschweißten Packen hellblauer Karteikarten.

Von hier oben kann ich beobachten, wie ein Mann auf Kalina zukommt, sie mit Küssen auf die Wange begrüßt und sich dann ihr gegenüber an den Tisch setzt, um sich ebenfalls vom Salat zu nehmen.

Einige Minuten bleibe ich im Verborgenen stehen.

Kalina unterhält sich stark gestikulierend mit dem anderen, der lange, braune Locken hat, Vollbart trägt und in einen hellen Anzug gekleidet ist, begleitet von einem weißen Hemd. Seine Schuhe sind aus Leder. Er hat darauf verzichtet, Socken anzuziehen.

Ich drehe mich vom Fenster weg und schaue in die Kemenate mit den Schrägen, der Kommode und dem Kiefernbett, auf dem zwei Kissen liegen, eine Decke und Handtücher.

Der Bildschirm meines Smartphones leuchtet auf. Kalina schreibt: »Kommst du runter, mein Herz? Wir haben Hunger.«

Befremdlich erscheint es mir im Verlauf des Abends, dass Kalina über die Dauer von fast drei Stunden mit dem anderen spricht, der Pierre heißt und als technischer Berater bei einem in Padborg ansässigen Architekturbüro arbeitet. Obwohl dieser aus Lyon stammende Mann über sehr viel Geld verfügt, lebt er wie Kalina in einem spartanischen Zimmer. Seinen silberfarbenen Jaguar E-Type hat er neben dem Mini Cooper geparkt.

Sie ist anders als andere Frauen, denke ich, nur bruchstückhaft dem französischen Dialog zwischen ihr und Pierre folgend.

Nils hat für alle Bier geöffnet, und Pernille ermuntert mich, vom Salat zu nehmen.

Manchmal hält Kalina unterm Tisch meine Hand.

Pernille und Nils fragen, ob ich, immerhin ein Mann der Literatur, von Henrik Pontoppidan gehört hätte, dem Nobelpreisträger des Jahres 1917, der mit dem achtbändigen Romanwerk

Lykke-Per eine der bedeutendsten Großerzählungen der dänischen Literatur verfasst habe.

Ich gestehe, dass ich bislang nur die weniger umfangreichen Sachen gelesen habe, die in Deutschland einem kleinen Kreis unter dem Titel *Der Teufel am Herd* bekannt sind.

»Du musst *Lykke-Per* lesen«, sagt Nils, bevor er aufsteht, um neues Bier zu holen.

»Du kennst es nicht?«, fragt Kalina verwundert.

»Niemand kann alles kennen«, entgegne ich konsterniert.

Sie zieht mich zu sich und küsst mich vor allen anderen auf den Mund. »Wir werden es gemeinsam lesen«, sagt sie.

»Konntest du schon immer so leicht zwischen den Sprachen hin- und herwechseln?«, frage ich, als wir nachts auf der Bettkante sitzen und ich versuche, anhand ihrer Gesten herauszufinden, ob sie bei mir übernachten oder über den Flur zu ihrem eigenen Zimmer gehen wird. »Wie viele Sprachen sprichst du noch mal?«

»Mhm, Deutsch, Dänisch, Polnisch, Englisch und ein bisschen Französisch. Die ersten drei Sprachen habe ich als Kind gelernt, da wechselst du automatisch, ohne groß nachzudenken.«

»Hat dir der Abend gefallen?«

»Ich freue mich, dass du da bist, Kristian. Es ist sehr lieb, dass du den Zug genommen hast.«

Kalina sitzt neben mir, als warte sie auf etwas. Behutsam halte ich sie im Arm, und nun schauen wir uns an wie vor zwei Tagen in Winterhude.

Wir haben gemeinsam in meinem Zimmer übernachtet.

Am nächsten Morgen kann ich unmöglich an ihrem Begehren zweifeln.

»Pernille meint, sie hätte wegen uns kein Auge zugetan«, sagt meine Freundin, als wir allein am Küchentisch sitzen und den stark gerösteten Kaffee trinken.

»Waren wir zu laut?«, frage ich.

»Die freuen sich für uns.«

»Wann musst du los?«

»Schon gleich. Bleibst du hier?«

»Ich fahre nach Hamburg.«

»Kommst du abends in meine Wohnung?«

»Natürlich. Ich bin neugierig.«

»Sie ist wirklich toll«, sagt sie, »sei einfach um acht da. Ich werde auf dich warten.«

»Ich glaube, ich liebe dich – auch wenn es plötzlich ist, beinahe zu früh«, sage ich.

»Ich weiß. Ich glaube, ich liebe dich genauso.«

»Obwohl du nur zwei Stunden schlafen konntest?«

»Ich habe gar nicht geschlafen«, sagt sie, »du schnarchst, mein Herz.«

»Das tut mir leid.«

»Nicht schlimm. Heute bin ich eine Zombie-Zahnärztin.«

In Kalinas Wohnung stechen mir sofort die in mehreren Reihen circa zwei Meter hoch gestapelten Kartons am Ende des Flurs ins Auge, nachdem Kalina die Tür aufgeschlossen und mich hat eintreten lassen. Mein Blick fällt auf ein wahlloses Durcheinander von verschlossenen Obstkartons, älteren Elektrogeräte-Verpackungen und Sarenza-Paketen, die man, so erklärt meine Freundin, »längst in die neue Wohnung hätte bringen müssen.«

Seit mehreren Monaten lebt sie ohne den Großteil ihrer Sammlung, ohne ihre Bücher, Schallplatten und Bilder, die bereits im Frühling für den damals geplanten Umzug gepackt worden waren, bis schließlich die Probleme mit den Installationen angefangen und sich alles auf unbestimmte Zeit verzögert hat.

Rechts vom Flur abgehend liegt eine weiß gehaltene Küche mit einer teuer wirkenden Siebträger-Kaffeemaschine und einem hell gebeizten Büfett gegenüber der Balkontür, die den Ausblick freigibt auf einen Hinterhof mit dunkelgrünen Eiben.

»Hier ist das Bad«, sagt sie, und dirigiert mich dann, nachdem ich nur einen kurzen Blick hineinwerfen konnte, ins Schlafzimmer, wo ein helles Metallbett, eine Ankleidepuppe, sowie links und rechts des Durchgangs zum Wohnzimmer hochgezogene Kleiderschränke stehen.

»Schön?«, fragt Kalina, während sie sich auf die Matratze fallen lässt, völlig unbekümmert darüber, dass ihr Kleid, leicht nach oben verrutscht, ihren schwarzen, spitzenbesetzten Slip zeigt.

Ich gehe zu den Plissees und ziehe sie nach oben.

»Gut so, was sollen die Nachbarn denken!«, sagt sie amüsiert, bleibt aber nicht liegen, sondern springt wieder auf. »Das Wohnzimmer, komm!« Sie deutet auf ihr Bücherregal, das von Peter angefertigt worden ist, einem befreundeten Schreiner aus Flensburg, »der meine Möbel im neuen Apartment bauen wird.«

»Das ist ein sehr schönes Stück.«

»Ich habe es selbst entworfen.«

»Weshalb kannst du so was?«

»Mein Vater ist Innenarchitekt, das liegt im Blut.«

»Der Sinn für das Schöne ...«

Die Böden des Regals sind größtenteils leer. In einem liegen die gesammelten British-Vogue-Ausgaben, in einem anderen Reiseführer ferner Länder. Es gibt die Anrichte, auf der ein kleines Pioneer-Mischpult, ein Plattenspieler, mehrere LP-Winkel mit 12-Inch-Singles stehen, daneben einige CDs.

»Du hast aufgelegt?«, frage ich.

»Auf Privatpartys, manchmal.«

In einer Vitrine stehen Gläser und einige Flaschen teuer wirkender Spirituosen.

Ich trete näher an eine der Akt-Zeichnungen heran, die an der Wand hängen. »Faszinierend«, sage ich.

»Eine Freundin von mir«, erklärt Kalina, »wir standen uns gegenseitig Modell.«

»Du kannst zeichnen?«, frage ich.

»Ich zeige dir, was ich alles kann«, entgegnet sie, nach mir greifend, um mich aus dem Wohnzimmer zurück in den Schlafraum zu ziehen.

»Du und deine beste Freundin, dieser Akt und so, das sieht alles sehr sinnlich aus.«

»Wir sind sinnlich, Kristian.«

»Aber nur beim Aktzeichnen, oder?«

»Nein, nicht nur da«, sagt sie.

»Ihr seid abgestürzt?«

Kalina lächelt.

»Und dann?«, frage ich.

»Girlish Fun, Kristian; der geheim bleibt, weil das Bilder macht in dir.«

Kurz danach liegen wir in ihrem Bett. Ich habe meinen Kopf auf ein sehr großes, weiches Kissen gelegt. Kalina berührt mich vollkommen neu, sodass es mich erzittern lässt und in einigen Momenten sogar ein wenig peinlich ist.

Sie hat schon gestern darauf verzichtet, nach einem Kondom zu fragen. Das finde ich verwirrend.

Es ist so: Ich möchte nur noch mit Kalina Sex haben, nie wieder mit einer anderen Frau.

Als ich später aus dem Bad zurück ins Schlafzimmer komme, ein weißes Handtuch um die Hüfte geschlungen, hat sich Kalina wieder angekleidet. Sie musterte prüfenden Blicks das Display ihres Smartphones.

Ich lege mich neben sie und will schon meinen Kopf an ihre Brust lehnen, als sie mich von sich schiebt und mit besorgt klingender Stimme sagt: »Wir müssen reden.«

»Was ist los?«

»Du hast meine beste Freundin auf Facebook kontaktiert?« Ihre Pupillen tasten schnell sirrend mein Gesichtsfeld ab.

»Ich weiß nicht einmal, wer deine beste Freundin ist, Kalina.«

»Vorhin hat sie dich noch aufgegeilt; und jetzt hat sie mich über WhatsApp gewarnt.«

»Gewarnt, wovor?«

»Du hast ihr eine Freundschaftsanfrage geschickt.«

»Keine Ahnung«, sage ich, »vielleicht ist sie mir vorgeschlagen worden, weil wir beide jetzt verbunden sind.«

»Du findest sie anziehend, nicht wahr?« Kalinas Pupillen sind auf mich fixiert.

»Sie liest mich«, denke ich und kann nicht abschätzen, was gerade in meiner Freundin vorgeht, die nach langer Zeit, wir beide haben dem Blick des anderen standgehalten, fragt, was ich »hier planen« würde.

»Kristian«, sagt sie, »was hast du vor? Meinst du es wirklich ernst, also: Wir können ebenso gut unverbindlich sein, wenn dir das lieber ist.«

Dann steht sie auf, geht aus dem Raum, durch den Flur zur Küche. Ich höre, wie sie die Balkontür öffnet und sich draußen eine Zigarette ansteckt.

»Das war unachtsam von mir.« Ich bin auf den Balkon getreten, um mich zu erklären.

»Versprich, dass du aufpasst«, sagt sie.

Ich strecke meinen rechten Arm über das Geländer, deute über die Eibenwipfel und sage: »Ab da sind Löwen.«

Sie schaut mich ungläubig an.

»Darf ich dich zum Essen einladen?«, frage ich, und sie nickt. »Ich verspreche dir, ehrlich zu sein«, sage ich und umfasse Kalinas Handgelenke.

»Kristian, mit den Geschichten, die du mir von anderen Frauen erzählst, drängt sich etwas zwischen uns.«

»Du erinnerst mich an niemanden von früher, Kalina.«

»In der ersten Zeit sollte es nur um uns gehen.«

»Du hast erzählt, dass dich alle Freunde heiraten wollten.«

»Ich habe dir davon berichtet, weil du nach unserer ersten Nacht mit deinen Ex-Mädchen ankamst.«

»Ich wollte dir etwas entgegensetzen ...«

»Es war genau andersherum!«

»Es gibt nur dich, Kalina«, sage ich.

Sie blinzelt und schaut dann verloren zu Boden. »Nur dich«, wiederholt sie, dreht sich auf dem Absatz um, huscht durch die Balkontür und geht Richtung Badezimmer, um zu duschen.

Um halb drei morgens lösche ich meine Dating-Apps und blockiere sämtliche WhatsApp-Kontakte, die unter dem Nachnamen Tinder oder Once abgespeichert sind. Anschließend stelle ich die Facebook-Profile meiner Ex-Freundinnen stumm. Ich plane für die Woche nach der Frankfurter Buchmesse im Oktober eine Reise ins sizilianische Taormina, wähle einen Flug aus, ein Hotel. Ich möchte dorthin, weil es Fragen gibt, auf die ich Antworten finden will. Nur noch eine Reise, dann bin ich frei.

Einen Tag später fragt Kalina, ob ich Lust hätte, mit ihr in den Herbsturlaub zu fahren. Als ich von meiner Reise nach Sizilien erzähle, ist sie aufgewühlt.

»Warum hast du ohne mich geplant?«

»Möchtest du mit?«

»Natürlich komme ich mit, Kristian!«

Kalina steht auf und geht singend ins Badezimmer. Sie schaltet die Sonos-Box ein. Während ich den Bass aus dem gegenüberliegenden Raum höre, liege ich auf der Bettdecke und sehe still nach oben zu einer Lampe mit vielen kleinen Glaskugeln.

Ich muss noch einmal eingeschlafen sein.

Als Kalina zurückkommt, schrecke ich auf. »Du spielst gern

Atlantis, was?«, sagt sie und zwinkert.

»Ich verstehe nicht ...«

»Weil das Bad unter Wasser stand, Kristian.«

»Es tut mir leid, ich habe es nicht bemerkt.«

»Das macht nichts, die Kabine ist undicht.«

Kalina zieht eine der Schubladen auf und sucht nach passender Wäsche. »Hast du Lust, mit mir frühstücken zu gehen?«, fragt sie, hat einen roten Spitzenslip in der Hand und hält ihn in die Höhe. »Oder sollte ich ohne aus dem Haus?«

»Das Leben ist leicht.«

»Man kann nur versuchen, das Leben leicht zu machen für einander. Und das möchte ich.«

»Ich will, dass du dich bei mir sicher fühlst.«

Kalina flüstert: »Ich gebe dir das gleiche Versprechen. Wenn ich mich einmal entschieden habe, stehe ich dazu. Meine Eltern sind seit einundvierzig Jahren verheiratet.«

»Meine Eltern haben sich nach siebenunddreißig Jahren getrennt.«

»Ich weiß. Das tut mir sehr leid.«

»Ich wollte nie sein wie die.«

»Mir sind meine Eltern Vorbilder. Trotzdem will ich nicht genauso sein. Aber sie gehören zusammen. Sie sind füreinander da. Sie kämpfen gemeinsam.«

»Wir werden auch kämpfen«, sage ich leise.

»Wer hat dich nur geschickt?«, sagt Kalina und fragt dann, ob ich in drei Wochen mitkommen möchte aufs Berliner Lollapalooza-Festival, wo Tocotronic und die Kings of Leon angekündigt sind, New Order, Milky Chance und Róisín Murphy.

Ich muss daran denken, wie ich vor dreizehn Jahren fluchtartig mein Elternhaus verlassen hatte. Damals wurde erwartet, dass ich die Schlüssel abgebe. »Auf die Hand«, hatte meine Mutter gesagt, und es ist ein ebenso bedeutsamer Moment, als mir Kalina morgens die Schlüssel zu ihrer Mietwohnung überreicht, »weil mein Raum auch deiner sein soll.«

»Sicher?«, frage ich, und halte drei an einem Ring befestigte Schlüssel fest. Ich schaue auf die eingehakte Lego-Figur, einen Raubritter.

»Damit du's nicht so schnell verlierst«, sagt sie und steigt in den Mini, um in ihr Eppendorfer Apartment zu fahren.

Ich bin verwirrt und glücklich.

Die zahlreichen Parys und Konzerte, die wild plakatiert angekündigt sind und in den kommenden Wochen in Hamburg stattfinden, sind plötzlich möglich. Alles strahlt sommerhell.

Ich weiß, dass die Schwierigkeit mit Kalinas bester Freundin vergessen ist, dass meine neue Freundin mir glaubt. Ich schaffe das. Ich schaffe es. Ich werde auch diesen Job schaffen. Was gerade geschieht, ist der Beweis, dass meine Entscheidungen der Vergangenheit richtig waren.

Noch einmal ausbrechen. Noch einmal feiern. Danach werden wir gemeinsam ein ruhiges Leben haben. Bald. Ganz bald.

Dennoch, obwohl die Rettung sichtbar wird, machen mich die Ereignisse der vergangenen Woche nervös. Es ist keine Furcht vor Kalina, sondern eine Furcht vor mir selbst, die Sorge, ob ich es schaffen werde, die Erwartungen an mich zu erfüllen. Eigentlich bin ich nicht gut genug für diese Frau.

In der Schanze finde ich eine Espressobar. Ich bestelle einen Cappuccino, und als ich zum Kontor gehe, die Treppen hinab, vibriert das iPhone. Kalina hat einen Amazon-Link geschickt und dazugeschrieben: »Das könnte vielleicht helfen.«

Verwundert lese ich die Beschreibung eines medizinischen Gerätes, dessen Nutzen mir verborgen scheint, bis ich noch im Gehen per One Click das SomnoGuard 3 bestelle, eine Beißschiene, die helfen soll, mein Schnarchen abzustellen.

From: Kristian Sandberg <kristian81sandberg@gmail.com>
An: Kalina Mickiewicz <k.alinaferrari@web.de>
Von meinem iPhone gesendet 18. August 2016 um 11:18 Uhr
Anfang der weitergeleiteten E-Mail
To: <booking@hotelmazzarosea.com>
Subject: Fwd: Bestätigung Ihres Buchungsauftrags 10622120
Guten Tag,
ich möchte meine Freundin vom 24.10.2016–3.11.2016
in Ihr Hotel mitbringen. Was kostet es zusätzlich, wenn sie
ebenfalls in meinem Zimmer schläft (Halbpension inkl.)?
Meine Freundin heißt Kalina Mickiewicz und ist dänische
Staatsbürgerin. Wohin kann das Geld überwiesen werden?
Herzliche Grüße
Kristian Sandberg

Wie gern würde ich Kalina meinen auf sie gerichteten Blick
schenken, der in ihr etwas sehr Sanftes und Zerbrechliches sieht,
meinen Blick auf die Schönheit ihrer Augenfältchen, wenn sie
lacht und nichts zu sehen ist von jener Anstrengung, die sie auf-
geboten haben muss, um sich ein Leben aufzubauen, das immu-
nisiert gegenüber der Abwertung durch Dritte, meinen Blick,
der sie beschützen und ihr in jedem Moment bedeuten will: »Du
bist nicht allein. Nie mehr. Gemeinsam werden wir glücklich,
ich verspreche es dir.«

»Ich werde wahnsinnig«, beschwert sich Michael via WhatsApp,
als Kalina und ich am frühen Samstagabend zum Loogestieg in
Eppendorf fahren, um die Baustelle zu besuchen.
Ich muss gegen einen leichten Drehschwindel ankämpfen, weil
Kalina die Kurven mit hoher Geschwindigkeit nimmt und ich
nur mühsam die Konzentration halten kann.
»Nie ist es Olivia recht. Wir kaufen und kaufen: vor einem halben
Jahr erst die neue Küche auf Pump mit dem Gasflaschenherd, für

den ich permanent zum Baumarkt fahren muss. Jetzt diskutieren wir über ein neues Bett, das aus Wildeiche sein soll, und gegenüber hat ein Puff aufgemacht. Olivia rastet aus.« – »Ist bei euch nicht Sperrbezirk?« – »Keine Ahnung. Aber jetzt soll ich da vorbei, weil die Leuchtreklame nachts ins Kinderzimmer scheint.«

Er schreibt, dass die Stimmung am Boden sei, »obwohl sich Olivia eigentlich freuen sollte, weil wir in sechs Wochen nach Venedig fliegen.«

Ich hole tief Luft.

»Kannst du bitte ein wenig langsamer fahren«, sage ich zu Kalina und lege kurz meine Hand auf ihren rechten Oberschenkel.

Sie schaut mich besorgt an. »Was ist los?«

»Panikattacke, kurz davor.«

»Ernsthaft?« Sie bremst leicht ab. Dreißig Meter weiter ist eine rote Ampel. Sie schaltet den Motor aus.

»Ja«, sage ich und füge entschuldigend hinzu: »Ich habe das nicht oft.«

»Gut, dass du es aussprichst«, entgegnet sie im sanften Ton, beugt sich zur Beifahrerseite und gibt mir einen flüchtigen Kuss auf die Wange, »ich passe auf. Wir sind gleich da.«

Kalina fährt in gemächlichem Tempo weiter.

Ich überlege, was ich Michael auf die Nachricht zurückschreiben soll. Dass Olivia ihre anspruchsvolleren Seiten hat, ist mir bekannt.

»Frauen dürfen anstrengend sein«, schreibe ich.

Kalina parkt den Mini Cooper quer zur Bordsteinkante und zieht die Handbremse an. »Bist du ein bisschen aufgeregt?«, fragt sie.

»Das letzte Mal war ich auf einer Baustelle«, sage ich, »als meine Freunde und ich ein paar Bier zu viel getrunken hatten und frühmorgens ein Gerüst hochgeklettert sind, vor zehn Jahren oder so.«

Wir gehen über den Asphalt und stehen dann vor einem komplett grauen Altbau, der wie ein Fremdkörper wirkt zwischen den hell gestrichenen Jugendstilhäusern links und rechts von ihm.

»Komplettsanierung«, sagt Kalina und sucht in ihrer Hosentasche nach dem Schlüsselbund.

Ich schaue auf die randvollen Schüttgutbehälter, die offen im Vorgarten stehen. Weiter hinten gibt es einen orangefarbenen Betonmischer. Mir fällt auf, dass vom Fenstervorsprung neben der Tür eine Ecke abgebrochen ist.

»Nicht jeder steht auf alltägliches Abenteuer«, schreibt Michael, »manchmal möchte ich zur Ruhe kommen und einfach nur Bier trinken, ohne mir stundenlang Pläne für Unternehmungen anhören zu müssen, die wir uns niemals leisten können.«

Kalina schließt die Haustür auf, und nachdem wir gemeinsam durch den staubigen Flur eine Etage hochgegangen sind, stehen wir im Eingangsbereich des Apartments, wo in einer Ecke leere Farbeimer mit Werkzeug zurückgelassen worden sind.

»Ich weiß gar nicht«, sage ich, »ob ich jemals das Wort Estrich in Bezug auf mein Leben gedacht habe.«

»Da kommt Pitch-Pine-Parkett rein«, entgegnet sie in gleichmütigem Ton, tritt näher an eine der frisch gestrichenen Wände und fährt mit der Hand über den Putz.

Ich gehe hinter ihrem Rücken zum nächsten Raum und mustere die frei liegenden Rohre und Kabel, die aus der Wand ragen.

»Ich muss mich neuerdings auch beherrschen«, tippe ich zurück und stecke das Gerät in die Hosentasche.

»Hier kommt unsere Küche hin«, sagt Kalina, die plötzlich neben mir steht.

»So ungefähr habe ich mir das vorgestellt.«

»Das kannst du dir noch gar nicht vorstellen«, sagt sie und führt aus, wie der Küchenplaner die verschiedenen Elemente der Nobilia-Laser-Reihe kombiniert hat, mit einem Dampfgarer, einem Induktionsherd, mit einer mittig liegenden Kochfeldabsaugung und einer reinweißen Keramikarbeitsplatte, »auf der wir das Gemüse direkt schneiden können, weil wirklich nichts einzieht, nicht einmal Rotwein.«

Ich muss an meine gebrauchte Küche in Bremen denken und sage verlegen: »Das klingt alles wunderschön.«

»Da hinten baut Peter Vorratsschränke mit Push-to-open-Türen ein. Wollte ich unbedingt.«

Sie gibt mir einen Kuss. »Ich schaue kurz nach der neuen Balkontür im Schlafzimmer.«

»Bekommst du deine Kalina abgefangen?«, fragt Michael.

Darüber muss ich nachdenken und antworte: »Ich denke schon. Sie ist nur wahnsinnig im Stress.« – »Aber du findest sie toll.« – »Unbedingt. Ich stehe gerade in ihrer Eigentumswohnung, auf der Baustelle. Du redest mit Olivia über Venedig, ich mit Kalina über Abdichtungen, Parkettböden und Miele-Dampfgarer.«

Ich verlasse den Raum, um meine Freundin zu fragen, wie lange sie bleiben wolle, bis wir später ihre Leute treffen werden. Ich trete ins nächste Zimmer und schaue still, wie sie vor der Balkontür kniet und sich ärgert, da die untere Kante eine Macke aufweist.

»Du lernst gleich Lasse kennen, meinen Bruder«, sagt Kalina, als wir zu Fuß in Richtung Café Amira am Eppendorfer Weg gehen. »Er ist natürlich nicht mein leiblicher Bruder, aber wir kennen uns seit meinem dritten Lebensjahr. Fast täglich war er bei uns daheim.«

»Seid ihr im gleichen Alter?«

»Wenige Monate auseinander.«

»Und warum ist er dein Bruder?«

»Das wirst du schnell verstehen«, sagt sie. »Sei bitte ein wenig vorsichtig mit ihm. Lasse hatte es selten leicht.«

»Wer hatte es schon leicht?«

»Ich weiß, was du meinst. Niemand. Tom wird da sein und Egil mit Ahmet, seinem Schatz.«

Wir wechseln die Straßenseite und stehen dann vor einem der Außentische, an dem Lasse bereits sitzt mit den anderen, die einen Drink vor sich stehen haben.

Kalina begrüßt jeden mit einer Umarmung und zwei Bisous.

»Das erste Aperölchen des Abends?«, fragt sie in die Runde und stellt mich vor mit den Worten: »Ich habe euch von meinem Kristian erzählt.«

»Kaum kennengelernt, schon bei der Wahlverwandtschaft«, sage ich etwas zu laut und gebe ihren Freunden die Hand.

Lasse, der sehr dünn ist, lächelt scheu, knöpft im Aufstehen sein marineblaues Jackett zu und streicht dann gespielt vorsichtig den Kragen seines weißen Hemdes glatt. »Chic gemacht für euch«, sagt er.

»Du bist immer chic«, entgegnet Kalina, setzt sich dann neben ihren Bruder und nickt mir verschwörerisch zu.

Egil und Ahmet bleiben sitzen, und jener, der als bester Freund angekündigt wurde, zwinkert in meine Richtung, während sein Partner, ein auffallend junger, sehr scheu und feminin wirkender Mann seinen Blick zu Boden gerichtet hält.

»Und das ist Tom«, flüstert Kalina.

Ich betrachte den korpulenten Mann, er mag Anfang vierzig sein, der dreißig Kilogramm in den vergangenen acht Monaten abgenommen haben soll. Er blickt schweigsam zu mir. Ich kann nicht erkennen, ob Herablassung oder lediglich Alkohol und Müdigkeit aus seinen Augen sprechen.

»Nehmen wir auch ein Aperölchen?«, fragt Kalina und beißt sich auf die Unterlippe.

»Aperol Spritz habe ich seit Klagenfurt nicht mehr getrunken.«

»Dabei gibt es nichts Besseres«, ergänzt Lasse und legt eine Hand auf Kalinas Unterarm.

In der nächsten Stunde folge ich dem Gespräch wie einer Theaterinszenierung. Ich bin gefesselt von den Erzählungen über Cocktailnächte in Barcelona, die gemeinsam besuchten Bread-&-

Butter-Modenschauen, von einer Nacht, die sie zu fünft verbracht haben an der Seite des norwegischen Indie-Popstars Erlend Øye. Es ist der schwarz aufgetragene Kajal, der Lasses Erscheinung einen fabelhaft-entrückten Glam-Rock-Schimmer verleiht, denke ich, trinke den Aperol und folge mit meinem Blick den gefällig gekleideten Menschen, die wie gecastete Nebendarsteller ihren Auftritt vorm Café Amria haben.

Kalina erkundigt sich nach einer Bekanntschaft, die Lasse vor wenigen Wochen in einer Gay Bar in Hohenfelde gemacht hat und die ihn in ein abwärtsrutschendes Unglück stürzt, da der andere, ein katholischer Schriftsteller aus Süddeutschland, in einer Alibi-Ehe lebt und nur selten Zeit hat, den, der hoffnungslos in ihn verliebt ist, zu sehen.

Egil nutzt den Moment, um mich auf den Agenturjob anzusprechen.

»Eine Art Professur, hat unsere Kalina betont.«

»Nun, das sind nicht meine Worte.« Ich bin verlegen und lenke den Dialog auf Egil. »Du bist Immobilienmakler?«

»Spezialisiert aufs VIP-Segment.«

»Oberhalb meiner Gehaltsstufe, vermute ich.«

Egil nickt.

»Ich glaube, Kristian ist ein kleines bisschen gelangweilt«, sagt Kalina, aber das höre ich nur halb, denn irritiert blicke ich direkt in Egils Augen, die mich warnend fixiert haben.

Von: »Hotel Mazzaro Sea reservation«
Datum: 18. August 2016 um 14:36:19 MESZ
An: Kristian Sandberg <kristian81sandberg@gmail.com>
Betreff: Re: Fwd: Bestätigung Ihres Buchungsauftrages
  10622120
Do you mind to write in English? Awaiting for your replay, best regards, Rafaella Longo

»Deine Freunde wirken nett«, sage ich, als wir aufgekratzt von den Drinks in Richtung eines Taxistandes gehen. »Ich habe mich nur die ganze Zeit gefragt, was dein Bruder und Ahmet eigentlich beruflich machen.«

»Gerade hilft mir Lasse bei der Wohnung.«

»Du hast gute Freunde; dass sie dich unterstützen in dieser schwierigen Zeit.«

»Es fühlt sich an«, entgegnet sie, »als könnte das mit uns mindestens so schön werden wie bei Egil und Ahmet. Lange musste Egil warten, wie wir, bis er das Glück fand.«

»Ahmet wirkt schüchtern.«

Kalina bleibt stehen. »Ach, Kristian«, sagt sie, »wenn du wüsstest. Ahmet ist in seiner Kindheit missbraucht worden, vom Vater.« Sie macht eine Pause. »Jeder Mann, so wirkt es manchmal, ist ein potenzieller Kinderschänder. Er und Egil haben einmal im Jahr Sex.«

»Trotzdem sind sie ein gutes Paar, nicht wahr?«

Kalina nickt.

»Über jeden Menschen«, sage ich, »gibt es einen Satz, der sein Leben zum Einsturz bringt, einen Satz, den wir aus Höflichkeit verschweigen.«

»Manchmal«, entgegnet meine Freundin, »bist du mir unheimlich.«

Am Montag ist das Päckchen mit den medizinischen Geräten angekommen und von der Sekretärin auf den Schreibtisch gestellt worden. »Ich wüsste nicht, wie ich ohne Tatjana durch die ersten Wochen gekommen wäre«, habe ich gestern während eines Spaziergangs zu Kalina gesagt.

»Vielleicht solltest du ihr eine Freude bereiten. Weißt du, was ihr gefällt?«

Ich musste nachdenken. »So lange kennen wir uns nicht. Sie trinkt immer Kaffee, den sie mit der Hand aufgießt.«

»Was ist das für ein Filter?«

»Ein Plastikteil in fies verwaschenem Siebzigerjahre-Braun.«
»Dann kaufen wir in den kommenden Tagen einen Porzellan-
filter von KPM Berlin. Und da mir meine Lieblingspatientin so
viele Caffè-Barbera-Bohnen geschenkt hat, dass genug für alle
da ist, gibst du ihr eine Packung. Bringe ich dir mit.«
»Bist du sicher?«
»Du musst dich gut mit ihr stellen, Kristian.«

In der Nacht bleiben wir wach, wechseln in Kalinas Wohnung
hin und her zwischen Bett und Balkon. Wir legen Platten auf. Sie
erzählt mir von einer Patientin mit einer seltenen Krankheit, die
zahlreiche Praxen aufgesucht hatte, »bis sie zu mir kam und aus-
gerechnet ich, als Zahnärztin, erkannt habe, dass sie so schnell
wie möglich operiert werden musste.«
Wir trinken Crémant.
Wir reden über Bücher.
Wir reden über Filme.
Ich frage Kalina, welches ihr Lieblingsbuch sei, und sie sagt: »*Die
Gefährliche Geliebte* von Haruki Murakami.«
Ich flüstere: »Es hängt über meinem Bett«, und fühle mich wie
von einem glühenden Schauer erfasst.
Wir sprechen über frühere Kommilitonen von Kalina, die seit
zwei Jahren eine Tochter haben, »um die ich mich am ersten
Tag meines Besuchs immer allein kümmere, damit die beiden
Pärchenzeit haben.« Auf zwei Blusen, sagt sie, könne man die
Spuren des Mädchens sehen, »aber mir macht das gar nichts aus.
Also ... Werden wir ein Kind haben, Kristian?«
Wir reden über ihre Kleider.
Kalinas Garderobe besitzt inzwischen den Wert von achtzigtau-
send Euro, »gesammelt über die Jahre«.
Ich lache, weil die Summe reicht, um ein komplettes Germanis-
tikstudium zu finanzieren.
»Nun, als Zahnärztin ist man keineswegs arm.«

Ich schweige und sage dann: »Verdiene ich überhaupt genug?«
»Wir«, entgegnet sie, »verdienen zusammen mehr als genug.
Die besten Dinge bekommt man nur geschenkt.«

> To: Kalina Mickiewicz <k.alinaferrari@web.de>
> From: Kristian Sandberg <kristian81sandberg@gmail.com>
> Es hat geklappt; wir übernachten nach der Frankfurter
> Buchmesse in Taormina und werden bis zum Meer schauen
> können. Ich freue mich sehr und küsse Dich, Dein Kristian

Erschöpft liege ich abends in meinem Bett.
Nach der Arbeit habe ich den Kinofilm *Verräter wie wir* angesehen und mich hineinfallen lassen in ein Gefühl, das ich von
früher kenne, als ich mein komplettes Taschengeld ausgegeben
hatte, um in die Welt der Hollywood-Geschichten einzutauchen.
Kalina wird die kommenden Tage in Padborg sein, aber abends
heimkehren, um die Baustelle zu begutachten. Lasse, Ahmet
und Peter arbeiten mit zwei Handwerkern an der Ausbesserung
vielfältiger Schäden, die behoben werden müssen, damit das
Parkett verlegt und die letzten Pläne für den baldigen Umzug
gemacht werden können.
Vor einer halben Stunde hat meine Freundin ein Selfie geschickt,
das sie, auf einem Spinning-Ergometer sitzend, leicht von oben
zeigt, mit halb angeschnittenem Gesicht. Dazu hat sie geschrieben: »Das kommt Dir alles zugute.«
Lange schaue ich auf den Bildschirm, gefangen von der Schönheit meiner Freundin. Sie sieht aus wie eine Frau, der nah zu
sein, ich mir nie hatte vorstellen können.
»Bist du gerade erreichbar?«, tippe ich zurück, aber die Häkchen
hinter meiner Nachricht bleiben blassgrau.
Sie wird mit den anderen im Fiedler's sitzen, denke ich und öffne
dann ein freizügiges Bild, das Kalina in schwarzen Dessous zeigt.
Es ist ungefähr zwei Jahre alt. Sie hat es mir am heutigen Nach-

mittag geschickt. Es zeigt meine Freundin vor einem Spiegel. Sie sitzt auf einem Designerstuhl, leicht zurückgelehnt, und wirkt abgemagert. Kalina schaut streng, ihre Gesichtszüge sind erschreckend hart.

»Die Dessous sind klasse, oder?«, wird sie später am Telefon fragen und dann von einem Ex-Freund berichten, der Borderliner war und heimlich ihre benutzte Unterwäsche entwendet hat.

»Ein Eingriff ins Allerintimste, den man bestimmt nicht will«, entgegne ich, aber es ist, als nähme sie das Sanfte meiner Aussage gar nicht wahr.

»Ach, das Allerintimste! Weißt du, was meine Dessous kosten? Da möchte ich schon die komplette Garnitur bei mir haben.«

»Wer war dieser Typ?«

»Edward; das Fürchterlichste, was mir je über den Weg gelaufen ist. Permanent hat er mich gedemütigt, und das, obwohl ich ihn zwei Jahre lang zu seiner Partydrogen-Therapie begleitet habe.«

»So schlimm?«

»Er hat versucht, mich zu schlagen. Er hat gesagt, ich sei nicht ausreichend ›in shape‹, er hat gesagt, ich würde zu selten lachen. Ich! Kann man sich das vorstellen?«

Am Freitagvormittag begleite ich Kalina zum Bahnhof. Sie will mit ihren Eltern übers Wochenende nach Südfrankreich fliegen. Ich bin den Anweisungen des mehrseitigen Beipackzettels gefolgt. Durch das SomnoGuard 3 ist mein Schnarchen leiser geworden, weniger aus den Nebenhöhlen kommend. Das erklärt Kalina, als wir in der U-Bahn sitzen.

»Ich werde dich vermissen«, sage ich.

»Ich werde dich vermissen, Kristian; und ausschlafen.«

»Es tut mir leid.«

»Hey, so war das nicht gemeint.«

Im Eingang der Wandelhalle stoppt sie und stellt ihren silberfarbenen Rimowa-Koffer vor sich.

»Ich befürchte, wenn du mich zum Gleis bringst, wirst du meine Mama kennenlernen; wäre das okay für dich?«

»Warum sollte ich Angst haben, deine Eltern zu treffen?«

»Nicht beide«, sagt sie, »der Vater kommt erst morgen nach.«

»Dann lass uns gehen.«

Ich will Kalina an die Hand nehmen, aber sie macht eine leichte Drehung und sagt: »Da geht's längs.«

Ich habe Mühe, mit ihr Schritt zu halten.

Wenige Meter weiter stehen wir vor der Mutter, einer zierlichen Frau, blond, mit hellblauem Tuch um den Hals. Sie ist ungefähr zehn Zentimeter kleiner als ihre Tochter, gekleidet in Stoffhosen, zu denen sie eine bunt gemusterte Bluse und hellbraune Sommerschuhe trägt.

Sie streckt vorsichtig die Hand nach mir aus und sagt: »Ich bin dann wohl die Mama.«

Kalina beobachtet diesen Moment mit distanzierter Schüchternheit.

»Sie werden gewiss eine schöne Zeit haben«, sage ich.

Die Mutter lacht. »Ich heiße Ebba, das ist dänisch, und da wo ich herkommen, da gibt es kein Sie.«

Kalina tippt ihre Mutter an: »Der Zug fährt ein.«

Ich gebe Ebba ein zweites Mal die Hand, bevor ich meine Freundin an mich ziehe. Sie küsst mich, nachdem ihre Mutter ein paar Meter vorgegangen ist.

»Sei mir treu«, sagt Kalina und steigt ein.

Fünf Minuten lang stehe ich regungslos auf dem Bahnsteig, bevor ich mich zur Rolltreppe wende, um in der Wandelhalle den ersten Kaffee des Tages zu kaufen, für die Fahrt Richtung Bremen. Es wird guttun, das Wochenende in der Heimat zu verbringen, denke ich im Stillen, es ist nicht das Schlechteste, wenn man sich manchmal vermisst.

In Bremen angekommen, stolpere ich aus dem klimatisierten Regionalexpress und falle in heiße Hochsommerluft. Ich habe Durst, kaufe mir am Kiosk etwas zu trinken und gehe zur Rasenfläche vor dem Übersee-Museum, wo ich mich auf den Rücken fallen lasse und nicht verstehe, warum ich regungslos liegen bleibe. Ich versuche, Klarheit zu erlangen, aber im Kopf entwischt mir jeder Gedanke, bevor ich ihn verfolgen kann. Ich denke die ganze Zeit über an Kalina, daran, dass mein Leben gerade ein erwachsenes Fundament erhält. Ich denke: So wenig hat in den vergangenen Jahren ausgereicht, um mir Glück zu bescheren – wie das Lesen, die schönste Art, das Vergehen von Zeit zu spüren, die kleinen Urlaube, die Zeit mit meinen Zettelkästen. Ich bin glücklich, eine bewundernswerte Frau wie Kalina an meiner Seite zu haben, die, anders als ich, selbstsicher wirkt in der Öffentlichkeit. Was will sie nur mit einem wie mir? Ich kann nicht aufstehen. Ich bleibe liegen.

»Ich wünsche Dir einen wundervollen Morgen aus Nizza, mein Kristian. Hoffentlich hast Du gut geschlafen und etwas Zauberhaftes geträumt. Hab einen guten Start ins Wochenende. Deine Kalina.« – »Ich küsse Dich auf dem sonnigen Bahnsteig, weil ich noch mal nach Hamburg in die Agentur muss. Ich träume, nein, ich träumte von Dir, jetzt bist Du ja da, ich muss nicht mehr träumen. Müde Blicke und eine lange Umarmung.« – »Ich halte Dich. Während Du fleißig bist, gebe ich mich heute ganz den gesellschaftlichen Verpflichtungen des schönen Geschlechts hin und arbeite an meinem Teint. Sonnendurchtränkte Küsse vom Strand.« – »Schick mir ein Bild.« – »Da ist es schon – wie bestellt: An diesem Ort würde ich gerade am liebsten Hand in Hand mit Dir gehen.« – »Und Dein Haar ist im Wind, Du riechst nach Meer, Deine Lippen schmecken nach Salz.« – »Hier schon der erste Termin: Mittagessen mit Freunden. Bis später.«

Es gibt ein Gefühl von Sicherheit, als ich Dienstagabend auf der Terrasse des Wohnzimmer im Ostertor sitze, einem meiner liebsten Orte in Bremen, gegenüber vom Kolonialwarenladen Holtorf Heimathaven, der seit 1874 im Viertel ansässig ist. Wie so oft, wenn ich über Jahreszahlen nachdenke, die aufgeführt werden an Tafeln, in Hausinschriften, auf Grabsteinen, überkommt mich eine leise Wehmut, dass so viele Menschen, mit denen ich im Geheimen Zwiesprache halte, für immer verschwunden sind, dass sie mit ihrem ganzen Sein den tiefen Mechanismen der Zeit unterworfen waren und nun aus dem Reich der Toten zu mir sprechen. Ist es nicht merkwürdig, dass wir sterblich sind, denke ich, schon ein Tropfen genügt, uns umzubringen.

Kalina verwirrt mich, und wenig fiele mir ein, sollte ich ausführen müssen, was die Algorithmen der Dating-App oder die angeblichen Matching-Scouts hat errechnen lassen, dass wir zusammenpassen sollen. Mir scheint, meine Freundin handelt aus einer anderen Überzeugung als ich, aus einem tieferen Wissen um die Distinktion jenes Milieus, das erst mit der Festanstellung meines werden wird. Vieles ist vollkommen anders als bei den Anfängen meiner vorherigen Beziehungen.

Bislang habe ich nicht für meine neue Freundin gekocht, ich habe mit ihr kein Gesellschaftsspiel ausgepackt, keinen Roman gelesen, nicht einmal einen Film haben wir gemeinsam angeschaut. Kalina betont häufig, wie sehr sie doch bewundere, womit ich meine Tage verbringe, aber weiß sie tatsächlich, womit ich mich beschäftige?

Kurz darauf schreibt Olivia, die gerade mit Michael im Streit liegt. Ich versuche zu vermitteln. Olivia beschwert sich, ihr Freund lungere zu Hause rum, wisse aber genau, dass sie nur darauf warte, dass er endlich auf sie zugehe. »Ich habe absichtlich das heiße rote Kleid angezogen, das Du natürlich kennst, und darunter nichts. Es ist ihm egal.« – »Könnt ihr nicht aufeinander zugehen, im heißen Kleid, ohne Groll, und schöne Babys machen?«

Dann stecke ich meine Kopfhörer in die Ohren und schalte die beruhigende Musik eines schwedischen Jazz-Trios ein.

»Du hast uns überzeugt«, schreibt Olivia zehn Minuten später zurück.

Ich mache einen Screenshot und schicke ihn an Kalina. »Da, schau, ich sitze allein in Bremen und sorge noch aus der Ferne für den Sex meiner Freunde, während ich gleichzeitig umkomme vor Sehnsucht nach Dir.«

Danach bestelle ich ein Bier und lese mit der Kindle-App weiter in einem Roman, der 1965 in den USA erschienen, aber erst vor wenigen Jahren wiederentdeckt worden ist und von einem Bauernsohn erzählt, der sich aus der unbändigen Natur zurückgezogen hat in die stille Welt der Literatur.

»Das heiße rote Kleid? Hältst Du mich für eine Frau, der man es zumuten kann, solche Anmachen zu lesen?«, schreibt Kalina zwei Stunden später zurück.

Ich hatte gerade einen Whisky bestellt und mich zurückgelehnt. Jetzt spüre ich, wie etwas in mir schockt, wie ich in eine Hilflosigkeit falle, obwohl die Beschuldigung meiner Freundin nicht der Wahrheit entspricht.

»Ich verstehe nicht, was Du mir damit sagen möchtest«, entgegne ich zurückhaltend.

Sie ist in Rage: »Was will diese Nutte von Dir?«

Ich versuche, die Kommunikation abzukühlen, und erkläre: »Das ist die Freundin von Michael.« – »Ich habe diese ekelhafte Nachricht gerade meinen Freunden vorgelesen. Sie sind entsetzt.« – »Denkst Du etwa, ich würde vor Deinen Augen ...« – »Ich will exklusiv sein, Kristian.« – »Natürlich bist Du das.« – »Ich habe den Beweis.« – »Das ist kein Beweis, Kalina, das ist eine vollkommen falsche Interpretation meiner Nachricht.« – »Sicherlich nicht! Es ist fürchterlich.«

Als ich am nächsten Morgen aus einem unruhigen, oft unterbrochenen Schlaf erwache, mit der Hand den Boden abtaste und dann auf mein Smartphone blicke, bin ich orientierungslos. Den Chatverlauf hatte ich, als wäre damit alles ungeschehen gemacht worden, nachts auf dem Heimweg gelöscht. Kalina ist verletzt. Ich bin voller Sorge. Sie ist wütend. Ich bin panisch. Sie kam immer wieder neu auf diesen Satz von Olivia zurück: »Ich habe absichtlich das heiße rote Kleid angezogen, das Du natürlich kennst, und darunter nichts.« Es gab tausend Entschuldigungen von mir. »Ich möchte nicht darüber reden«, schrieb Kalina und blieb ab da offline.

Bruchstückhaft setzt sich in meinem Kopf ein vages Bild zusammen über die Verheerungen meines Fehltrittes, meiner Unachtsamkeit, ihr den Screenshot gesendet zu haben. Draußen ist es schwül. Hochsommer. Kalina hat eine neue Nachricht geschickt. Sie schreibt: »Ich fühle mich, als wäre ich aus einem wunderschönen Traum erwacht.« Schon jetzt ist unsere Unschuld verloren. Mir wird übel. Ich schäme mich.

Schuld meint Absicht. Schuld meint Schaden. Schuld ist das Wegreißen eines Vorhangs, hinter dem die Wahrheit gleißend blendet. Ich fühle mich in die Schuld gestellt und bedroht. Ich spüre, dass eine Lüge vor allem dann glaubhaft erscheint, wenn sie der Wahrheit denkbar nahekommt. Ich fühle mich schuldig, nicht weil es den Chat mit Olivia gegeben hat, ich fühle mich schuldig, weil ich dieses eine Mal das Besondere bewahren wollte. Ich antworte: »Du hast es falsch verstanden.« – »Was immer Du damit ausdrücken willst, Kristian«, schreibt Kalina, »ich habe Dir klargemacht, wo meine Grenze ist. Ich akzeptiere keinen Betrug.« – »Aber ich wollte Dich nicht betrügen, niemand wollte das, auch Olivia nicht.« – »Bitte sprich nicht von dieser Frau, mit der Du gestern eine Grenze überschritten hast.« – »Es gab keinen Grenzübertritt.« – »Du hast alles abgestritten. Du hast mich bezichtigt, Dir etwas zu unterstellen, obwohl Du den Screenshot

selbst geschickt hast. Du hast geschrieben ›mach's gut‹ und mich einfach verlassen, Du hast uns einfach verlassen.«
Vielleicht hat Kalina recht. Mein Satz klingt mehrdeutig. Ich habe ihn in mein Smartphone getippt, als keine Begründung, keine Sichtweise, die ich für uns vorgeschlagen hatte, in unserem Chat mehr Geltung haben durfte.
»Ich habe Dich nicht verlassen. Ich möchte mich vertragen, Kalina.« – »Wie soll ich Dir vertrauen? Meine Freunde haben gestern Nacht über nichts anderes gesprochen. Ich brauche dringend Erholung. Das verstehst Du doch.«
Es war dumm. Ich habe meine Freundin unter Druck gesetzt. Ich habe mit Olivia über ein Thema geschrieben, das allein zwischen Kalina und mir vorgestellt werden darf. Ich habe die Zerbrechlichkeit derjenigen übersehen, die ich zu lieben glaube.
Ich schreibe: »Olivia möchte Dich gern kennenlernen und nennt Dich Prinzessin, wenn sie von Dir spricht. Sie ist weit davon entfernt, Dir den Freund wegzunehmen. Kann ich es irgendwie auflösen, damit Du mir glaubst?« – »Es ist lieb, dass Du etwas erklären möchtest«, entgegnet Kalina, »aber ich will nicht darüber reden. Ich muss mir jetzt die Sonnenbrille aufsetzen. Vielleicht melde ich mich später bei Dir.«

Es ist nicht wahr, dass Literatur ihre stärkste Kraft aus der Schilderung von Liebesbeziehungen schöpft, geht es mir in den folgenden Stunden durch den Kopf. Ich liege auf dem Sofa und versuche, mich zu besinnen.
Kalina interveniert weiterhin: »Du hast mir schon am ersten Abend ausführlich erzählt, wie Du Dir vor Jahren die Hörner abgestoßen hast, und mir berichtet von den Ärztinnen, die Dich von der Arbeit abgeholt haben, damit Du sie Deinen Kollegen vorführen kannst.«
Sie hat recht. »Ich bin kein Filou! Das war anders.« – »Mein Eindruck kann nur dieser sein«, entgegnet sie, »ich habe mich mit

den Schilderungen über meine Ex-Freunde zurückgehalten, Kristian.« – »Du hast nicht weniger von ihnen gesprochen«, verteidige ich mich, aber ihre Argumente sind besser: »Als Du am zweiten Abend anfingst, in meinem Schlafzimmer von Deinen sexuellen Abenteuern zu erzählen, dachte ich, Dir endlich zeigen zu müssen, dass nicht nur Du begehrenswert bist!« – »Über andere Frauen werde ich schweigen«, schreibe ich und spüre Wut in mir: auf Olivia.

Liebe Kalina,
meine Nacht war fürchterlich. Vor Deinem Abflug nach Frankreich, am Morgen, der anfing mit einem wildgrünen Blick in Deinen Hinterhof, hast Du einen kleinen Satz gesagt und dabei gelacht. Ich hatte die beiden Fischöl-Dragees in der Hand und suchte nach einem Becher oder Glas. Du gingst an mir vorbei mit den Worten: »Würdest Du nicht alle Gläser zerbrechen, hätten wir noch welche.« Du hast zum ersten Mal »wir« gesagt. Ist Dir das aufgefallen? Es war im Vorbeigehen, aber genau das gab Deinem, gab damit unserem »Wir« den Klang des Feststehenden. Wir ... Ich kann nicht glauben, dass wir das Gleiche begehren, dass Du nun auftauchst mit denselben Wünschen und Hoffnungen. Es ist zu schön, um wahr zu sein. Wir wollen aufregend sein, weil das Leben etwas Wunderbares ist.
Selbst in den dunkelsten Stunden der vergangenen Jahre habe ich mir das gesagt: »In Anbetracht der unendlichen Zeit, die ich nicht war, und der unendlichen Zeit, die ich nicht mehr sein werde, ist es Wahnsinn, die achtzig, neunzig Jahre vorzeitig zu beenden.«
Ich wusste nicht, dass wir uns begegnen würden; aber ich habe daran geglaubt.
Ich vermisse Dich,
Dein Kristian

Kalina, die sehr blass wirkte, als ich sie Anfang August an der Alster das erste Mal getroffen habe, wirkt verändert, zeigt eine leichte, irisierenden Bräune.

»Danke für deine Post«, sagt sie, »noch nie habe ich so einen schönen, elaborierten Liebesbrief erhalten.«

Kalina erzählt, wie sie mit ihren Freunden in jener Nacht, als ich wegen des Streits kaum hatte schlafen können, durch Cannes gezogen war, um immer neue Verballhornungen des Namens Olivia zu finden, »bis wir betrunken im Brunnen am Place Charles de Gaulle gebadet haben und ich diese fürchterliche Person vergessen konnte.«

Nackt liegen wir in ihrem Bett und rauchen ausnahmsweise im Schlafzimmer.

»Worüber ich nachgedacht habe«, sagt sie und setzt sich im Schneidersitz auf die Matratze, »es ist Unsinn, wenn du in diese Zwischenwohnung einziehst.«

Mein Blick wandert über ihren Rücken, auf dem Spuren meiner Fingernägel zu erkennen sind. Ich streichele mit einer Hand über die geröteten Stellen und blicke dann meiner Freundin ins Gesicht.

»Das Apartment in Eppendorf ist bald fertig, und der Umzug findet in drei Wochen statt«, sagt sie, »wir würden Geld sparen, wenn du dort einziehst.«

Mein Herzschlag erhöht sich. Ich habe gerade erst den Zwischenmietvertrag unterschrieben, und noch wohnt die Studentin, deren Räume ich bald für die Dauer eines halben Jahres übernehmen werde, in der Preystraße. »Das ist großzügig von dir«, sage ich und zögere. »Werde ich so schnell jemanden finden, der die Miete übernimmt?«

»Du könntest kündigen. Und vor dem Einzug bringen wir dir bei, nicht mehr mit den Türen zu knallen. Deal?« Kalina greift nach meiner Hand und legt sie in ihren Schoß. »Lass uns nicht in getrennten Wohnungen sein. Wir schaffen es kaum, eine

Nacht ohne einander zu verbringen. Du schaust mich immer so verliebt an, während mein Blick lüstern ist. Ich werde mir den Mietvertrag ansehen«, sagt sie, »es wird eine Lösung geben, da bin ich mir sicher.«

Ich denke an meine erste Wohnung, angemietet vor vielen Jahren im Souterrain eines schlecht gelüfteten Mehrfamilienhauses im Bremer Stadtteil Vahr. Meine Mutter hatte die ungewaschenen Kleidungsstücke in einen blauen Müllsack gepackt, und der Rest, ein Fernseher, die Matratze, drei Kisten mit Büchern, einige CDs und die Stereoanlage passten in den Volkswagen, mit dem ich von meinem Vater in die Richard-Boljahn-Allee gebracht worden war. In den ersten Monaten hatte ich auf dem Bett gelegen, entweder Albert Camus oder russische Romane aus dem neunzehnten Jahrhundert gelesen und mich an den Supermarkt-Merlot gewöhnt, der knapp über zwei Euro kostete. Es hatte damals Nächte gegeben, in denen ich verloren durch das Bremer Bahnhofsviertel gezogen bin, Bier an dunklen Tresen bestellt habe, frühe Morgenstunden, an denen ich mit Frauen heimgegangen bin, die fragten, ob es bei mir Schnaps zu trinken gäbe. Im Spätsommer war ich gezwungen, als Hilfsarbeiter in einem Chemiewerk anzuheuern; Frühschicht, Spätschicht im wöchentlichen Wechsel. Man hatte mir drei Blaumänner, eine steife Jacke und schwarze Stahlkappenschuhe ausgehändigt, ein Heft mit Sicherheitsbelehrungen in die Hand gedrückt und dann gesagt: »Es geht gleich los.«

Wie die Zeit für Kalina vergangen ist, kann ich nur vage erschließen, wenn sie von Partnerschaften erzählt, die wenig beschützend klingen.
Bald schon erzählt sie mir von einem Ex-Freund, der sie angefleht haben soll, ihn so lange treten, bis er zusammengekrümmt am Boden liege, »was wirkte, als wollte er insgeheim Abbitte

leisten für alles Schändliche, das er über seine vorherigen Frauen gebracht hat.«

Sie berichtet von einem italienischen Popsänger, den sie Mitte der Zweitausenderjahre begleitet haben soll »in irgendwelche Clubs, wo ich dann backstage sitzen durfte zwischen Groupies und Geliebten der anderen Bandmitglieder.«

»Nun«, sage ich, »du warst Mitte zwanzig.«

Sie geht darauf nicht ein. »Ich hatte gerade mein Medizinstudium beendet und musste später erfahren, dass der große Star verheiratet war.«

Kalina erzählt, wie sie mit Freundinnen in einer exquisiten Diskothek gefeiert habe und von einem Mann angesprochen worden sei, der ihr angeboten habe, »dass er mir ein Auto kauft, wenn ich die Nacht mit ihm verbringe.«

Ich frage Kalina, ob sie dem Mann eine runtergehauen habe.

»Nein«, erwidert sie, »ich habe ihn gefragt, was für ein Auto er mir kaufen würde. Da taxiert mich dieser Dreckskerl und sagt, ich sei schon ein Mercedes!«

Peinlich berührt sehe ich zu meiner Freundin: »Und wo steht der Mercedes?«

Ich bemerke, wie eiskalt Kalina nun schaut. Dann lacht sie wieder, sagt: »Pikatchu, du wolltest dich benehmen!«, und erzählt weiter, wie sie nach einer Fachtagung mit Kollegen in einer Bar gesessen habe, »bei Cocktails und Horsd'œuvre«, als sich ihr Tischnachbar ungeniert von den Blicken einer Frau anziehen ließ, die im knappsten Kleid auf dem Tresenhocker rumrutschte. »Ich checkte sofort, was mein Kollege plante mit diesem Flittchen, das nichts anderes als eine Professionelle war! Als er aufstehen wollte, packte ich ihn hart am Hemdkragen, zog sein Gesicht nah zu mir ran und sagte: ›Du gehst jetzt nach Hause zu deiner Frau und deinen Kindern, von denen du mir eben noch erzählt hast!‹ Wie ein Schuljunge ist er rot geworden, wie ein kleines Kind!«

Bedenke ich Kalinas Verletzungen, bewegt es mich, wie arglos sie den Menschen ihres Alltags begegnet. Sie ist gegenüber dem Kioskbesitzer und der Frisörin drei Straßen weiter, der ich sofort vorgestellt wurde, stets zuvorkommend. Wenn wir im Biergarten sind, erkundigt sie sich nach dem Leben derer, die uns bedienen. Ich versuche, es ihr gleichzutun, lasse anderen beim Aussteigen aus der U-Bahn den Vortritt, gebe großzügig Trinkgeld und spende meine Münzen an Straßenmusiker. Ich bemühe mich, ein besserer Mensch zu sein.

Wer Kalina in Gesellschaft sieht, ahnt nichts von ihren durchlebten Schmerzen, von ihrer Sehnsucht, auch an ihrer Seite möge ein Mann auftauchen, der imstande ist, sie glücklich zu machen, so wie beinahe all ihre Freundinnen glücklich sein dürfen mit jenen, die sie geheiratet haben, so, wie Egil und Ahmet seit Jahren ihr Leben Seite an Seite teilen, so, wie ihre Eltern sich niemals haben scheiden lassen.

Ich muss an meinen Großvater denken, der im Alter von über siebzig Jahren seine Leidenschaft für Literatur entwickelt und mit mir geteilt hatte, ein tapferer Mann, der an einem düsteren Novembervormittag des Jahres 2009 hilflos hinabblicken musste in das offene Grab seiner Ehefrau. Über ein halbes Jahrhundert war dieses Pärchen miteinander gegangen, und als mein Großvater nach stillem Gebet einen Strauß roter Rosen auf den Sarg fallen ließ, sprach er seine Frau ein allerletztes Mal an mit den Worten: »Danke für die schöne Zeit mit dir!«

Zwei Wochen darauf fand man ihn, vom Schlaganfall erlöst, auf dem Wohnzimmerboden liegen, was meine Mutter einfach nicht verstehen wollte, weil »er doch noch so fit gewesen ist.«

Ich hatte stets geschwiegen, wenn ich Sätze wie diesen hörte, und mich daran erinnert, wie meine Mutter ihren eigenen Vater über dreieinhalb Jahre hinweg ermahnt hatte, doch in den Urlaub zu fahren, sich Ruhe zu gönnen und nicht jeden Tag

zweimal zur Großmutter ins Pflegeheim zu gehen, um ihr aus
Büchern vorzulesen, die sie ohnehin nicht mehr verstand.
»Das ist das Allertraurigste«, hatte mein Großvater irgendwann
zu mir gesagt, »dass meine eigene Tochter nicht versteht, was es
bedeutet, einen Menschen zu lieben.«

Am Samstagmorgen ruft Kalina aus dem Bad heraus, dass für
achtzehn Uhr ein gemeinsames Essen mit ihren Eltern geplant
sei.
Ich knie vor ihrem Bett und suche meine Socken, die ich zuvor
rausgelegt hatte. Sie müssen unters Gestell geraten sein, denke
ich und frage zurück, den Kopf Richtung Tür gewendet: »Wohin
gehen wir?«
Kalina ist nackt, als sie ins Zimmer tritt, um einen ihrer beiden
Kleiderschränke zu öffnen und die passende Wäsche auszuwäh-
len. »Wir treffen uns im Goldbeker«, sagt sie.
»Wo ist das?«
»An der Semperstraße. Ganz unprätentiös. Aber ...«, sie macht
eine Pause, »erst mal müssen wir in die Wohnung. Der neue Bau-
leiter kommt.«
»Soll ich mitkommen?«, frage ich und stehe auf, halte endlich
meine Socken in der Hand, die ich nun auf umständliche Weise
auseinanderziehe.
»Zu meinen Eltern?«
»In deine Wohnung.«
»Es wird unsere Wohnung werden«, sagt Kalina. »Es liegt ganz
bei dir.«
»Ob ich dich begleite?«
»Beides, Kristian.«

Kurz darauf gehen wir durch die Straßen Richtung Loogestieg.
Den Frühstückskaffee kaufen wir auf dem Weg. Ich betrachte
Kalina und verspüre Dankbarkeit, weil sie mich mitnimmt.

Du musst lernen, wie Sicherheit funktioniert, denke ich, man kann nicht immer Richtung Teneriffa fliehen.

Später stehe ich neben meiner Freundin und höre ihren Verhandlungen zu. Jorgensen heißt der Bauleiter – oder Jürgensen. Inzwischen habe ich Schwierigkeiten, mir die Namen all derer zu merken, die mir seit Wochen sowohl beruflich als auch privat vorgestellt werden.

»Die Beißschiene hilft nur ein wenig, vielleicht sollten wir den Vater fragen, wie er mit der Atemmaske zurechtkommt, die er seit einiger Zeit gegen seine obstruktive Schlafapnoe benutzt.«

»Eine Atemmaske? Mit Gerät und allem? Das klingt unheimlich.«

»Dennoch brauchen wir eine Lösung. Es gibt auch Positionsgurte, die verhindern, dass du auf dem Rücken liegst.«

»Ich könnte erst mal im Wohnzimmer schlafen. Du hast eine gemütliche Couch.«

»Mein Partner sollte neben mir sein in der Nacht, das ist wichtig, Kristian.«

Am Abend haben die Eltern bereits eine Flasche Wein bestellt. Sie sitzen in der hinteren Ecke, als wir das Goldbeker betreten.

»Ihr seid zehn Minuten zu spät«, bemerkt die Mutter, und als Kalina »Mama!« sagt, steht der Vater auf und gibt mir die Hand.

»Thomasz.«

»Warum sitzt ihr nicht draußen?«, fragt Kalina.

»Hier ist es ein wenig kühler«, antwortet der Vater.

»Aber dunkel«, entgegnet sie und schaut zur Terrasse, die bis auf den letzten Platz besetzt ist.

»Du hast die Wohnung gesehen«, eröffnet Ebba Mickiewicz das Gespräch, und ich nicke. »Gefällt sie dir?«

»Noch ist es eine Baustelle«, sage ich verlegen, »aber ich glaube, es wird sehr schön.«

»Was sagst du zur Decke?«, fragt der Vater.

Kalina schaut aufmerksam zu mir herüber.

Ich fühle mich verloren. »Reiner Beton kann schnell brutal wirken«, sage ich vorsichtig.

»Kristian meint, ich sollte sie weiß streichen.«

»Das finde ich vernünftig«, entgegnet der Vater und beugt sich nun zu mir. »Die Decke sollte weiß sein.«

Ich nicke und schaue zu meiner Freundin, die sich mit ihrer Mutter über etwas anderes unterhält.

»Kümmerst du dich darum«, sagt der Vater, und es klingt wie eine Feststellung.

Bevor ich antworten kann, tritt die junge Serviererin an unseren Tisch, und ich spüre jene Art Blick um mich herum, der erwartet, dass ich eine Bestellung für mich und meine Freundin aufgebe.

Später, im Bett, wiederholt Kalina mehrmals: »Der Vater mag dich wirklich.«

Thomasz Mickiewicz hatte zu mir gesagt: »Du trinkst den Espresso schwarz, das ist gut«, und dann zum Abschied betrunken meine rechte Wange getätschelt.

Ich versuche nachzuspüren, wie es sich anfühlt, wenn die eigenen Eltern umeinander kämpfen, anstatt sich nach siebenunddreißig Jahren zu trennen. Ich frage mich, wie meine Eltern ihre Ehe geführt haben und welche vor uns verborgen gehaltenen Vereinbarungen im Laufe der Zeit getroffen wurden. Ich kenne meine Eltern nicht wirklich und habe zum ersten Mal eine bewusste Ahnung von dem, was fehlt.

Vor zwei Jahren hatte ich ein Privatzimmer in Hamburg angemietet und mit meiner damaligen Freundin ein verlängertes Sommerwochenende in Winterhude verbracht. An einem der Nachmittage standen wir, Touristen, auf einer kleinen Kanalbrücke am Poelchaukamp. Meine Freundin hatte ihr geblümtes Sommerkleid übergezogen. Ihr Haar trug sie offen. Sie sah hinreißend aus.

Neben mich stellte sich eine Frau, die vom Il Gelato am Mühlenkamp gekommen sein musste. Die Kugeln ihres Stracciatella-Eises glänzten kühl. Neugierig schaute ich die etwa Sechzigjährige an. Sie hatte ihr Haar mit einem leichten Seidenkopftuch geschützt, und nun war ich es, der von ihr angesehen wurde. Unsere Blicke kreuzten sich.

Ich drehte mich zu meiner Freundin und bedeutete ihr mit heimlichen Gesten, dass wir gehen sollten. Ungeduldig ergriff ich ihre Hand und zog sie fort von der Brücke, die Straße hinab, nervös schweigend, bis wir um eine Ecke gebogen waren und ich gezwungen wurde, den Schritt endlich zu verlangsamen. Sie fragte: »Was ist mit dir los?«

Es hatte etliche Augenblicke gegeben, die mir zeigten, wie sehr die Grundierung meines Lebens unterschieden ist von der meiner Mitmenschen. Ich hatte es erlebt, als mir mit sechzehn Jahren von den Eltern eines Freundes angeboten wurde, dass ich bei ihnen wohnen könne, dass ich es nicht »bei diesen fürchterlichen Menschen« aushalten müsse. Ich hatte es erlebt, als eine öffentliche Ohrfeige, ich war damals zwölf, dazu führte, dass Passanten meine Eltern ansprachen, sie beschimpften, mich mitnehmen wollten. Ich hatte es erlebt, ein Jahr nach meinem Auszug, als die Nachbarn linker Hand einen ausführlichen Brief an mich schrieben und mir nachdrücklich ihre Bewunderung aussprachen, »weil Du neunzehn Jahre lang mit diesen Eltern zusammengelebt hast, ohne aufzugeben.«

Was aber an jenem Sommertag in Winterhude geschehen war, überstieg alle anderen Erfahrungen.

»Hast du die Frau gesehen, die sich neben uns gestellt und mich angesehen hat?«, fragte ich, und meine Freundin nickte: »Die mit dem Eis? Was ist mit der?«

Ich suchte nach den richtigen Worten, unsicher, wie ich das, was ich fühlte, anbringen sollte. »Es ist so«, sagte ich, »diese Frau da, die mit dem Eis, das war meine Mutter.«

»Wirklich?«

Ich setzte mich in den Eingang eines Wohnhauses und schaute hoch zu meiner Freundin, die stehen geblieben war. »Das war meine Mutter, ja. Aber sie hat mich nicht erkannt, meine eigene Mutter sieht mir in die Augen und merkt nicht, dass sie ihren Sohn anblickt.«

Am folgenden Abend fährt Kalina nach Bremen, um bei mir zu übernachten. Wir treffen uns vor dem Eingang des Kaufhauses an der Horner Heerstraße.

»Unsere erste Shoppingtour«, sagt sie und hakt sich bei mir unter. »Wissen wir schon, was heute gekocht werden soll?«

Ich ziehe umständlich einen Einkaufswagen aus der Kette und steuere ihn mit einer Hand an den Kassen vorbei.

»Wir schauen, was da ist. Vielleicht fällt uns etwas ein, das perfekt zu Champagner passt.«

Kalina lacht. »Champagner passt immer«, sagt sie und greift zielsicher zu einer Flug-Ananas, die in der Gourmetauslage des Obstbereichs liegt.

Über eine Stunde verbringen wir im Supermarkt, die längste Zeit vor der Käsetheke, weil sich meine Freundin nicht entscheiden mag zwischen Roquefort, Gorgonzola und gereiftem Blue Stilton, zwischen den verschiedenen Parmesansorten, »und wir kaufen ein Glas vom Tessiner Feigensenf, für den Nachtisch, ja?«

Fasziniert beobachte ich, wie sie die Käsestücke auf ihre Zunge legt. Sehr aufmerksam hört Kalina der Bedienung zu, die ihr von alten Rinderarten erzählt, die irische Bauern in den Sechzigerjahren vor dem Aussterben bewahrt haben, von Reifungen in sauerländischen Höhlen und von Fermentationsverfahren, bei denen der Käse über die Dauer eines Jahres Käsemilben ausgesetzt wird, die die lateinische Bezeichnung Tyrolichus casei tragen. Zweihundertfünfzig Euro werde ich kurze Zeit später für den Einkauf zahlen müssen, nicht nur, weil ich gleich acht verschiedene

Käsesorten der besten Art habe einpacken lassen, sondern weil Kalina entschieden hat, dass Schluss sein sollte mit den Discount-Putzmitteln und dem gepanschten Olivenöl.

»Wir lassen es uns gut gehen und hören auf mit dem Billigen«, sagte sie und tauschte, in den Einkaufswagen greifend, einige der Produkte aus, die ihrer Ansicht nach »etwas zu studentisch sind«.

Direkt nach dem Aufwachen hatten wir in Bremen miteinander geschlafen und dann beschlossen, in Hamburg an der Alster zu frühstücken. Mit geöffnetem Schiebedach fahren wir durch die Stadt. Kalina singt mit, als *Happy Home* von Hedegaard läuft.

Mein Kühlschrank ist randvoll. Die Einkäufe haben wir nicht gebraucht. Wir waren Sushi essen.

Ich trage ein weißes Shirt, weil »das passt« im Sommer, »Blue-Jeans, Sneaker, weißes Shirt«. Das hat Kalina vorhin noch gesagt. »Und wirf die kurzärmeligen Hemden weg, die ich in deinem offenen Kleiderschrank mit Schrecken entdeckt habe.«

Ich spüre den Fahrtwind auf meiner leicht geröteten Stirn. Als meine Freundin beim Einfädeln auf die linke Fahrbahn von einem E-Klasse-Cabrio ausgebremst wird, schlägt sie wütend mit den Händen aufs Lenkrad. Sie hört auf zu singen und schaut vorwurfsvoll in meine Richtung. Ich ignoriere ihren Blick und sage: »Seit wir uns kennen, fühle ich mich permanent sexuell aufgeladen.« »Wie meinst du das?«, fragt sie.

Ich denke an ihre Aussage, dass ich immer verliebt schauen würde, während Kalina glaubt, mich vor allem lüstern anzusehen.

Ich drehe die Musik leiser, nur ein wenig, und entgegne: »Genauso, wie ich es gesagt habe. Ich denke jede freie Sekunde an dich. Ich denke an uns. Ich denke an unseren Sex und daran, dass ich immer mit dir schlafen möchte.«

Kalina beschleunigt, wechselt die Spur, überholt von rechts das Cabrio und schert kurz vor dem Benz auf die linke Seite.

Sie atmet schneller, schaut mich an und sagt: »Aus genau die-

sem Grund bin ich 2014 von meinem Freund betrogen worden.«
»Ich verstehe nicht, was du mir mitteilen möchtest.«
»Es war eine Fernbeziehung. Wir konnten uns nur am Wochenende sehen. Diese quälenden Arbeitstage. Fürchterlich. Damals waren wir bis über beide Ohren ineinander verknallt. Wir haben die gemeinsame Zeit fast ausschließlich im Bett verbracht.«
»Aber?«
»Er hat ungefähr das Gleiche gesagt wie du; dass er nicht aufhören kann, an mich zu denken, dass er rund um die Uhr Sex mit mir haben will, dass er die Arbeitstage ohne uns kaum aushält.«
»Und dann?«
»Dann hat er sich 'ne Affäre zugelegt, eine Studentin. Gleicher Typ wie ich. Brünett. Schlank. Nur halt vier Jahre jünger. Unter der Woche hat er mit ihr gevögelt, ab Freitagabend war ich dran und durfte die Beine breit machen.«
Ich drehe meinen Kopf zur Seite, schaue aus dem Fenster und sage: »Kalina, ich würde dich niemals betrügen.«
»Aber du hast schon einmal mit einer anderen Frau geschlafen, während du in 'ner Beziehung warst.« Sie lacht. »Im Grunde seid ihr Männer alle gleich.«
Ich bleibe stumm.
Sie sagt: »Gibt es überhaupt andere Männer?«
»Selbstverständlich gibt es andere Männer.«
»Weißt du was? Das ist mir egal.«

Während des Frühstücks sitze ich meiner Freundin gegenüber und muss über ihren Satz nachdenken, dass es in ihrer Welt keine anderen Männer geben könne. Wir bestellen Pancakes mit Ahornsirup, Lachs, Croissants, Milchkaffee. Wir reden, mal wieder, über Kalinas Wohnung, bei der es nur schleppend Fortschritte gibt, wir reden über meine Probezeit, die mich sehr anstrengt. Wir reden über meine Bücher, die ihr bei dem Besuch in Bremen ungemein zahlreich vorgekommen waren.

»Du hast erzählt, dass es einige sind, aber so viele?«

»Es ist mein Job.«

»Ich befürchte, dass die unmöglich alle in meine Wohnung passen«, sagt sie.

Ich schlage vor, dass wir die Bücher einlagern, man könne sie zweireihig stellen oder schauen, welche Titel Kalina besitzt und was von meinem Bestand aussortiert werden kann. Ich sage: »Der fatale Unterschied ist, dass du Bücher besitzt, ich aber eine Bibliothek – das alles auseinanderzureißen ist ...«

»Was?«

»Ich wollte gerade ›undenkbar‹ sagen, aber ›undenkbar‹ ist vielleicht ein zu krasses Wort.«

»Wir könnten es anders machen«, sagt Kalina, »und eine Straße weiter etwas für dich kaufen, fünfunddreißig Quadratmeter oder so.«

»Und dann?«

»Wäre das nicht perfekt für uns beide?«

Als wir später zum Auto gehen, bleibt Kalina vor mir stehen. Sie sieht mich an. Sie küsst mich auf den Mund. Sie hält meinen Kopf mit beiden Händen und sagt, dass sie manchmal eine schreckliche Freundin sei. Sie erinnert mich daran, dass sie mich liebt. Sie sagt, dass ich aufhören solle, während eines Frühstücks mit anderen Frauen zu flirten.

Ich weiß nicht, was sie meint, und bekomme den Kuss, ihre Worte, den Vorwurf nicht übereinander.

»Es ist halb so wild«, sagt sie, »aber ich habe gesehen, wie du mit der Blonden, die schräg hinter mir saß, Blicke getauscht hast, über meine Schulter hinweg.«

»Du missverstehst da was.«

»Hast du ihre Telefonnummer ergattert, als ich vorhin kurz auf Toilette war?«

»Ich weiß nicht einmal, wen du meinst.«

»Ich möchte, dass wir den Rest unseres Lebens miteinander ver-
bringen. Aber dafür möchte ich mich exklusiv fühlen.«
»Ich liebe dich, Kalina.«
»Ich weiß, dass du mich liebst.«

Später lädt sie mich zum Eis ein. Hand in Hand laufen wir durch
die Stadt. Dann hakt sich Kalina bei mir unter. Wir bleiben vor
verschiedenen Schaufensterauslagen stehen. Beim Juwelier
sehen wir uns Ringe an, Silberketten, Armreifen aus Platin. Sie
stellt fest, dass ich keine Armbanduhr besitze.
»Und bis Weihnachten ist noch so lang hin.«
Ich weiß nun, dass meine Freundin eifersüchtig sein kann auf
Frauen, die ich nicht wahrgenommen habe. Ich interpretiere
das eine wie das andere als Beweis ihrer Liebe. Ich überlege, ob
sie, immerhin eine erfolgreiche Frau, wirklich unsicher ist oder
ob sie ihre Unsicherheit nur spielt.

Als ich nachts im Bett neben ihr liege, denke ich an die teuren
Armbanduhren. Ich stehe auf, nehme den Weißwein aus dem
Kühlschrank und setze mich an den Küchentisch. Ich sitze da,
trinke und schaue auf mein linkes Handgelenk. Diese Frau,
denke ich, ist das Beste, was mir im Leben passieren konnte. Ich
schaue auf mein Handgelenk und bemerke erst nach etlichen
Minuten, dass ich zittere.

Als ich am nächsten Tag aus der klimatisierten Tram in die Hitze
trete, ist mir, als zersprängen meine Augen im hellsten Licht.
Beim Hinabgehen in die Tiefe des eiskalten U-Bahn-Schachts,
inmitten der Menschen, die mich anrempeln, zwischen den
Passanten, die mich umschließen und mir die Luft zum Atmen
nehmen, spüre ich eine Wut. Ich bleibe stehen und balle meine
Hände in den Hosentaschen, um die anderen nicht ins Dunkle
zu stoßen. Ich mache auf dem Absatz kehrt, laufe nach oben,

laufe von dort aus weiter, die Straße längs, direkt an der Bordsteinkante. Ich biege in eine Gasse, die verlassen wirkt, und gehe nah an der Backsteinmauer entlang. Ich setze mich auf eine Holzbank, die kreisrund um den Stamm einer Buche gezimmert ist. Ich nehme meinen Rucksack von den Schultern und stelle ihn auf den Boden. Ich lege mich auf die Sitzfläche. Ich schwitze. Ich friere.

Irgendwann hole ich mein iPhone hervor, öffne das Chat-Fenster und schreibe: »Wie würdest du reagieren, wenn ich dir einen Heiratsantrag machte?«

Dann wähle ich die Agenturnummer und entschuldige mich für diesen Tag, da ich nachts angeblich eine PDF-Fahne angefangen hätte, die ich nun beenden wolle.

Während des Telefonats hat Kalina geschrieben und still, gefallen ins absolut Zarte, lese ich ihre Antwort. »Kristian«, steht da, »wenn Du mir einen Antrag machen würdest, müsste ich vor Glück weinen.«

Ich spüre, wie etwas Beruhigendes meinen Körper Schicht für Schicht durchströmt. »In Sizilien, wo es warm ist«, schreibe ich, »wenn es sich richtig anfühlt für Dich. Ansonsten werfen wir den Ring ins Meer.«

Kalina antwortet: »Das ist wahnsinnig romantisch; und ja, genau das hat meine Mutter damals gemacht, als mein Vater sie das erste Mal gefragt hat.« – »Sie hat den Ring ins Meer geworfen?« – »Hat sie. Aber sie sind verheiratet. Mein Vater wollte nicht aufgegeben.«

Wir kennen uns seit knapp vier Wochen und sind in jenem Pop-up-Store, der bis zum Herbst in der Speicherstadt eine Zwischenmietzeit überbrückt, bevor der Raum zum Espresso-Club umgestaltet werden soll. Kalina begutachtet skeptisch, zwischen diversen Dessous stehend, unterschiedliche Marken-Sets.

Ich studiere Aushänge am »Sportbrett«: Ankündigungen für den »Le Frauen-Masturbations Workshop!« und die »Voyage-Voyage-Super-8-Filmreihe«, ich lese die Snippets vom shopeigenen Blog mit einer kuratierten Auswahl erlesener Sexspielzeuge und Fotos der ersten »Clitographie-T-Shirt-Serie«.

»Ist was dabei?«, frage ich und stehe wieder neben ihr.

»Ich bin unschlüssig«, sagt sie.

»Suchst du etwas Bestimmtes?«

»Ich möchte schön sein für dich.«

»Aber das bist du.«

»So atemraubend schön finde ich mich nicht«, sagt sie und klingt schüchtern.

Es ist das erste Mal, dass ich mit einer Partnerin in einem Erotikladen stehe.

Es gab den »Handarbeitskurs«, den Kalina einige Wochen zuvor besucht hatte. Sie erzählt, dass ihre lesbische Lieblingsfreundin aus Berlin von diesem Pop-up-Store berichtet habe.

»Wir können bei ihr schlafen, wenn wir aufs Lollapalooza gehen; dann lernt ihr euch kennen.«

Ich schaue Kalina irritiert an: »Sollte das nicht unser gemeinsames Wochenende werden?«

Es fanden bislang zahlreiche Abende statt, die ich mit ihren Freunden verbracht habe, und es gab die immer gleichen Gespräche über das Eppendorfer Apartment, die Insider-Geschichten von gemeinsamen »Aperölchen« in Cannes, Venedig, an der Algarve. Ich kenne Anekdoten über jene Vermögensberater, die den Zahnmedizinstudenten seit dem vierten Semester auf den Fersen sind und nach wie vor eine kleine Aufmerksamkeit zum Jahreswechsel schicken. Ich fühle mich von diesen Themen ebenso angezogen wie ausgeschlossen, sie sind für mich unzugänglicher als Texte des Mittelalters, die man studieren, zu denen jeder einen Zugang finden kann. In diese Welt kann ein Mann wie ich nicht selbstständig eintreten.

»Mit dir allein wäre Berlin ein größerer Spaß«, sage ich, »wir brauchen Zeit für uns.«

»Lass uns gehen«, erwidert Kalina, »hier gibt es nichts, was mich begeistert. Und natürlich hast du recht: Wir buchen ein Hotel.«

»Ein gutes«, sage ich leicht euphorisiert, weil meine Freundin eingelenkt hat. »Warst du schon mal im Adlon?«, frage ich.

»Klingt perfekt«, sagt sie, »das machen wir.«

Ich denke: Gab es nicht diesen Roman über das Adlon, in dem die Geschichte eines arbeitslosen Akademikers erzählt wird, der sich Anfang der Dreißigerjahre als Hoteldetektiv an der Adresse Unter den Linden bewirbt? Gelesen habe ich das Buch zwar nicht, aber ich bin mir sicher, dass es in einem meiner Regale steht.

»Wir meinen das beide ernst, nicht wahr?«, frage ich Kalina, als wir uns beim Sushi gegenübersitzen und vom Salz schimmernde Edamame-Bohnen essen. »Du möchtest das alles: dass wir uns verloben und dass wir Kinder haben, dass wir gemeinsam in der neuen Wohnung leben?«

»Ja, vielleicht sogar schon an meinem Geburtstag, ich bin wahnsinnig aufgeregt.«

»Wenn du in Padborg arbeitest, wie soll das gehen mit Kind?«

»Dänemark hat eine hervorragende Betreuung.«

»Und aus dem Esszimmer machen wir dann ein Kinderzimmer, ungefähr so? Ist da wirklich Platz?«

»Ich werde die Pille bald absetzen«, sagt Kalina und ergänzt: »Was ist mit dir? Wirst du die Tabletten weiternehmen?«

»Welche Tabletten?«

»Das Citalopram.«

»Woher weißt du das?«

»Ein leerer Blister lag in deinem Kulturbeutel. Zufall.«

»Das Citalopram – ich nehme es seit drei Wochen nicht mehr, weil ich es nicht mehr brauche, seit wir uns lieben.«

»Du hast es kalt abgesetzt?«, fragt sie und klingt besorgt.

»Die Tabletten sind plötzlich ausgegangen. Das Citalopram war eh niedrig dosiert.«

»Fünfundzwanzig Milligramm«, sagt sie, greift zum Telefon und öffnet eine Wikipedia-Seite.

»Was siehst du nach?«

»Ich schaue mir die Strukturformel deines Medikaments an.«

»Und?«

»Drei Wochen sagst du? Dann ist es aus deinem Körper raus.«

»Das kannst du erkennen?«

Sie blickt mich spöttisch an. »Ich bin Ärztin, schon vergessen?«

»Keine Tabletten gegen den Wahnsinn mehr«, sage ich und schaue Kalina an, die weiterhin das Display ihres Handys studiert.

»›Bei abruptem Absetzen von Citalopram kann es zu Symptomen wie Schwindel, Kopfschmerzen, Übelkeit, Empfindungsstörungen, Angst, Herzklopfen, vermehrtem Schwitzen, Nervosität und Schlafstörungen kommen. Citalopram wird deswegen ausgeschlichen‹«, liest sie vor und legt das Smartphone zurück. »Du hättest mich vorher um Rat fragen können.«

»Hast du je so was genommen?«

»Nein«, sagt sie, »ich glaube, Psychoanalyse bringt mehr, weil du an den innersten Kern gelangst und nicht von Medikamenten beruhigt wirst.«

»Citalopram ist nicht sedierend. Ich fürchte mich vor Psychoanalyse und sehe es ein bisschen wie Freud: ›Bevor du dir selbst eine Depression oder einen Minderwertigkeitskomplex diagnostizierst, stelle sicher, dass du nicht einfach nur von Arschlöchern umgeben bist.‹«

Sie schaut mich indigniert an. »Ich kenne das Zitat. Es ist nicht belegt.«

»Du hast eine Psychoanalyse gemacht?«

»Bis Ende April. Einhundertzwanzig Stunden.«

»Das ist lang.«

»Es muss lang sein, damit es die tiefsten Schichten heilt. Ich glaube, vorher war ich nicht beziehungsfähig. Ich habe diese Sitzungen ernsthaft gebraucht.«

»Dann komme ich zur rechten Zeit.«

»Ja«, sagt sie, »ich habe hart an mir gearbeitet, und am Ende war diese Arbeit nicht nur für mich, sondern ebenso für dich, für uns.«

Fwd: Ihre Buchung in der Unterkunft
   Adlon Kempinski Berlin
Kalina Mickiewicz <k.alinaferrari@web.de>
An: Kristian Sandberg <kristian81sandberg@gmail.com>
29. August 2016
»Wir fahren ins Adlon!«
Sent by Kalina Mickiewicz my iPhone
Anfang der weitergeleiteten E-Mail: Vielen Dank, Kalina!
Ihre Reservierung ist nun bestätigt.
Hotel Adlon Kempinski Berlin
Unter den Linden 77, Mitte, 10117 Berlin, Deutschland
Anreise: Samstag, 10. September 2016 (ab 15:00 Uhr)
Abreise: Montag, 12. September 2016 (bis 12:00 Uhr)
1 Executive Doppelzimmer, 7 % Mehrwertsteuer ist inbegriffen, 5 % Tourismusabgabe ist inbegriffen, Gesamtpreis € 531,00

So viel wird debattiert über jene besonderen Blicke, die auf Frauen gerichtet werden. Häufig wird berichtet von Femme-fatale-Überzeichnungen und Nymphen-Fantasien alter Maler. Es gibt heimliche Upskirt-Videos, den Spannerblick in Saunen, beim FKK, es gibt den nackten Frauenkörper als Ware, als Verfügbares, es gibt das Gaffen und Gieren, die Lolita-Verniedlichungen, und es gibt blutjunge Mädchen auf den Haute-Couture-Catwalks.

Kalina ist eine Frau, der Männer hinterherschauen, heimlich meist, man bekommt es kaum mit, wenn man an ihrer Seite geht. Diese kaum wahrnehmbaren Blicke wurden für sie zu einer realen Bedrohung, auch das erzählt sie mir, als ein Stalker nahezu jeden Abend schräg gegenüber ihrer Wohnung gestanden und zu ihren Fenstern geblickt hatte. Im Zustand absoluter Enthemmung hatte sich dieser Mann sogar hingekniet, eine Hand in der Hose, um sich Erleichterung zu verschaffen.

»Dieser Stalker war ein Verbrecher, der mehrfach Frauen bedrängt hat. Es gab Verwarnungen, Verfahren und zwei Verurteilungen!«

Kalina berichtet von ihren Magenkrämpfen, die einsetzten, sobald sie den Weg von der Haustür zum Auto in hoher Nervosität hinter sich bringen musste, immer mit Blick hin zu jener Ecke, von der aus dieser Mann sie observierte.

Ein Jahr ist seitdem vergangen. Die Gerichtsverhandlung wurde für den übernächsten Donnerstag angesetzt.

»Du musst nicht allein hin, ich werde mitkommen«, sage ich.

Aber genau das will sie auf keinen Fall, »weil es mich erniedrigen würde, weil ich von meinen Freunden begleitet werden möchte, die alles wissen über diesen Mann, über mich.«

Ich liege auf dem Bett.

Vorhin haben wir miteinander geschlafen.

Ich fühle mich unwohl und entgegne: »Ich hoffe, du hast auch andere Erfahrungen mit Männern gemacht.«

»Selbstverständlich ist nicht jeder so; aber viel zu viele.«

Ich will sie beruhigen und erinnere daran, dass sie vom Vater geliebt wird, über den sie stets zärtlich berichtet.

Aber darüber schweigt sie. Etwas Trauriges verschattet ihr Gesicht. Kalina sagt, das mit dem Vater sei »eine ganz andere Sache«, und sie sagt es in einem Ton, der mich nicht fragen lässt, was diese andere Sache sei.

Wir sprechen über Begehren, wir sprechen über Intimitäten, und Kalina gesteht mir, dass ihr nichts einfällt, wofür sie sich vor mir genieren würde.

»Nur die Badezimmertür bleibt geschlossen.«

Sie sagt, sie habe kein Problem mit Sex während der Periode, mit gemeinsamem Duschen.

Sie kneift ein Auge zusammen, als ich entgegne, dass Intimität mich auf berührende Weise anziehe, »aber ich kann Grenzen respektieren.«

»Glaube ich nicht«, erwidert sie amüsiert.

Ich berichte von meiner Großmutter, die all ihre Geburten allein beendet, sämtliche Ärzte kurz vor der Niederkunft herauskomplimentiert hat.

»Aber gerade im Kreißsaal brauche ich deine Hilfe!«

»Ich würde dir den Kopf streicheln während der Wehen«, sage ich, »oder dir wünschen, dass der Mann, der statt meiner dabei wäre, dich unterstützt, dass er schaut, ob alles gut ist, und egal, was passiert, dir hilft.«

Sie erzählt von Freundinnen, die bereits Eltern seien, von denen sie längst erfahren habe, was alles geschehen könne bei einer Geburt. Sie sagt, es sei beruhigend, dass ich meine liebevolle Unterstützung schon jetzt zusichere: »Du wärest schließlich mitverantwortlich für die Situation.«

»Ich werde da sein.«

»Das klingt schön«, erwidert sie, »und deine Worte werden noch schöner sein, wenn du sie real werden lässt.«

»Das werde ich«, beteuere ich sanft, »wir stützen uns, Kalina, wir stützen uns gegenseitig.«

Insgeheim denke ich darüber nach, dass nur noch wenige Wochen durchzuhalten sind. Nach dem Umzug, dem Sizilien-Urlaub, wird unser gemeinsames Leben in ruhigere Bahnen gelangen.

Dann sage ich: »Es ist vollkommen unwahrscheinlich, was hier geschieht.«

Wir sitzen im Goldbeker, nachdem wir ihre Freunde besucht haben, die am Loogestieg unter Peters Anleitung arbeiten.

Zwei Tage lang war Holz in die erste Etage getragen worden. Böcke wurden aufgebaut, mehrere Werkzeug- und Schraubenkisten stehen nun geöffnet auf den grauen Wolldecken, die Peter über dem Parkett ausgebreitet hat. Es gibt einen Stapel Sandpapier, daneben, in Reihen angeordnet, unterschiedliche Bohrmaschinen, einen Winkelschleifer, japanische Sägen, einen Messfix, scharf geschliffene Hobel und blank poliertes Gerät einer dänischen Manufaktur.

Kalina hat sich einige Fugen zeigen lassen und verärgert gesagt: »Den Boden nehme ich so nicht ab, da kann der Kollege aus Harvestehude noch mal ran. Hoffentlich gibt er sich beim Schlafzimmer mehr Mühe.«

Ich habe dagestanden und mich umgesehen. Zahlte sie ihren Freunden Geld? Ich hatte Kalina mehr als einmal darauf angesprochen, aber nie eine konkrete Antwort bekommen. Ich verstehe nicht, warum so viele Menschen ihres Kreises die Zeit finden, die Wohnung zu renovieren. Oder haben sie Urlaub genommen für ihre Kalina?

»Was ist unwahrscheinlich?«, insistiert sie, bezugnehmend auf meine Äußerung, und greift zum Aperol Spritz.

»Nun«, sage ich, »Liebe ist etwas, das total unwahrscheinlich ist, weil wir mit den meisten Menschen niemals Intimität verspüren werden.«

»Abgesehen von dir, wenn ich dich mal an deine Erfahrungen mit Intimität erinnern darf«, sagt sie, noch den Strohhalm im Mundwinkel.

»Ich versuche, es anders zu erklären«, entgegne ich. »Es ist der Möglichkeitsraum, die Kontingenz. In meiner Dissertation beschäftige ich mich damit, es ist ein absolut faszinierendes

Konzept. Kontingenz umfasst alles, was möglich, aber nicht notwendig ist. Es ist zum Beispiel unmöglich, dass wir in einer Stunde am Strand auf Tahiti liegen. Aber es ist möglich, dass wir später aufstehen und einen Spaziergang zur Alster machen.«

»Unwahrscheinlich«, sagt sie, »die Jungs kommen in 'ner Stunde dazu.«

»Wieder ein gemeinsamer Abend«, stelle ich fest.

»Ich werde euch einladen, Kristian.«

»Soll ich das noch ausführen, mit der Kontingenz?«

Sie nickt.

Ich versuche, aufmerksam zu sein, all das, was sie mir nicht beantwortet, durch Beobachtung zu entschlüsseln. »Dass du im Laufe der nächsten Minuten einatmest, ist nicht kontingent«, sage ich, »denn es ist etwas Notwendiges. Aber es gibt Millionen Nutzer von Dating-Apps und Dating-Foren. Jeder kann mit jedem verknüpft werden, Menschen, die sich im realen Leben niemals begegnet wären.«

Ich spüre, dass Kalina nervös wird, ich muss zum Punkt kommen.

»Es ist unwahrscheinlich, dass wir einander ohne Once begegnet wären, bevor ein anderer Partner in unser Leben getreten wäre. Wir wohnen in unterschiedlichen Stadtteilen und besuchen andere Locations. Dennoch wurden wir an jenem Abend ausgewählt aus einem Zukunftsraum unschätzbar vieler Variationen. Es gibt vermutlich mehr Kombinationsmöglichkeiten zwischen den Nutzern dieser App als Atome im Weltall.«

Kalina schaut mich nachdenklich an.

Ob sie jenes Fresko des italienischen Manieristen Salviati kennt, das im römischen Audienzsaal des Palazzo Sacchetti den griechischen Göttersohn Kairos zeigt, der seit frühantiker Zeit allegorisch für den günstigen Zeitpunkt steht? Sein Hinterkopf ist kahl, von seiner Stirn fällt ein blondfarbiger Schopf. Kairos ist wahnsinnig schnell und sein Auftreten flüchtig, wie es üblich ist für entscheidende Lebensmomente. Man muss ihn rasch packen. Kairos wird jenen entwischen, die zögern.

»Jetzt sind wir zusammen«, beende ich meine Ausführungen.

»Wir werden immer zusammenbleiben«, sagt sie.

»Und doch gibt es weiterhin einen Möglichkeitsraum«, sage ich, »wenn wir die Apps wieder aufs iPhone spielen würden, könnten wir alle Verknüpfungen sehen, die im Hintergrund entstanden, seit wir zusammen sind.«

»Das hast du nicht vor!«

»Nein, das habe ich nicht vor. Ich wollte damit nur sagen, wie glücklich ich bin, dass wir uns gefunden haben, obwohl es diesen gigantischen Möglichkeitsraum gibt.«

»Ich ahne, was du meinst«, sagt sie, »aber verstehe ich es?«

Kalina hebt ihr leeres Glas und bedeutet dem Kellner, er möge einen weiteren Aperol Spritz bringen.

»Morgen lernst du meine Freunde kennen«, sage ich.

»Ich bin gespannt«, entgegnet Kalina, »wann soll ich in Bremen sein?«

Ich hatte vor wenigen Tagen drei ihrer Once-Profilbilder an Michael geschickt und dazugeschrieben: »Sie ist schon jetzt die Frau meines Lebens.«

Ich antworte: »Gegen zwanzig Uhr wäre schön. Es gibt was zu essen.«

Meine Kalina,
seit wir uns das erste Mal geküsst haben, spüre ich, dass Liebe als Wort zu schwach ist, um das Gefühl zu bezeichnen, das ich Dir gegenüber empfinde. »Alle glücklichen Familien gleichen einander, jede unglückliche Familie ist auf ihre eigene Weise unglücklich«, heißt es. Freien Herzens gehen wir beide durch einen Traum, der gleichzeitig die wahrhaftige Wahrheit ist. Ich kann verstehen, dass jeder

Deiner Partner Dich heiraten wollte. Du bist die erste Frau, bei der ich für immer sein möchte.

Ich sehe auf ein Foto, das Du mir geschickt hast. Es zeigt Dich im weißen Zahnarztkittel, Du trägst eine Brille (mit Fensterglas, ich weiß, dass Du sie als Schutz verwendest), und Du zeigst dieses Wachsmalstiftbild, das eine Deiner kleinen Patientinnen für Dich gemalt hat, mit vielen fliegenden Herzen.

Es gibt ein Foto von Dir und Deinem Bruder, ein Selbstporträt vorm Spiegel, da hast Du einen hellen Pelz an, und im Hintergrund sieht man den Kronleuchter. Du wirkst sehr mondän.

Ich bekomme es kaum überein mit Deinem Satz, dass Du im vergangenen Monat nur 200 Euro ausgegeben hast.

So gern würde ich Bilder sehen von Dir als Kind ... Stattdessen weiß ich, dass Deine beste Freundin, sie ist Ende 30, ein signiertes Depeche-Mode-Plakat über ihrem Bett hängen hat als Beweis dafür, dass die Band ihr dankt für irgendwelche Dienstbarkeiten, die sie während der vergangenen Tour erledigt hat. Es geht oft um das, was von außen betrachtet werden kann; aber die Welt ist im Kopf. Hast Du ein Korrektiv, Freunde, die Dich ironisch betrachten? Anerkennung, Lob, Bewunderung, Respekt, wie wichtig ist das in Eurem Kreis?

Du hast mir erzählt von einem Zeitungsartikel, in dem berichtet wird von Schreien, die aus der Wohnung eines alten venezianischen Ehepaars drangen. Die Nachbarn hatten in großer Sorge die Polizei gerufen, und als die Beamten anrückten, erfuhren sie, dass diese Eheleute gemeinsam die Nachrichten geschaut und plötzlich verstanden hatten, wie schlecht unsere Welt ist, und dass es mehr Elend gibt, als sie verkraften können. Da haben sie sich weinend festgehalten und sich nicht mehr beruhigen können.

Ach, wie schön entwickelt sich die zweite Hälfte dieses Jahres, mit einem Nicht-Sommer, der jetzt ins Tropische umschwenkt, mit den Planungen für Deine Wohnung, die Du allein gekauft, geplant, auf dem Papier eingerichtet hast, die nun aber für das Gemeinsame steht.

In diesem Spätsommer fühle ich mich zum ersten Mal in meinem Leben frei, und ich frage mich, ob das Glück unserer Familie wesensverwandt sein wird mit dem Lachen und Lieben der anderen, über die gesagt wird, sie seien glücklich. Wird Glück als Zustand und als Wort nicht ganz unterschiedlich interpretiert?

Ich möchte Dich festhalten. Ich möchte, dass Du meinetwegen lachst, obwohl die Welt schlecht ist, dass Du glücklich bist und am richtigen Ort, nicht bloß jetzt, sondern immer, an jedem Tag, an allen folgenden Tagen, die zu Wochen, Monaten, Jahren werden. Aus diesen Tagen entsteht ein ganzes Zusammensein. Ich bin gern mit Dir zusammen. Ich bin glücklich.

Ich bin glücklich wegen Dir,
Dein Kristian.

Ich sitze im Zug von Hamburg nach Bremen, als Kalina schreibt, einiges sei in der Wohnung zu tun, weshalb sie das Treffen mit meinen Freunden absagen müsse. Es gibt kein Wort des Bedauerns, es gibt nur eine Entscheidung, die mir sehr sachlich mitgeteilt wird.

»Jeden Deiner Freunde habe ich bereits mehrfach getroffen«, antworte ich, »meine Freunde kennenzulernen, soll nicht möglich sein?« – »Es war unvorhersehbar, Kristian.« – »Ein Abend!« – »Und es ist unsere Wohnung, Deine Freunde hatten an den vergangenen Wochenenden keine Zeit, und jetzt fühle ich mich frei. Ich will nicht zuspringen.« – »Es geht nicht ums Springen, es geht ums Gemeinsame, denn nur das ist ein Wir.

Wenn Du nicht kommst, können wir es ebenso gut beenden, dann ziehst Du in diese Wohnung ein, und ich kehre zurück. Es macht mich traurig.« – »Das ist Erpressung, Kristian!« – »Du stehst mir«, schreibe ich, »kalt gegenüber.« – »Ich stehe Dir nicht kalt gegenüber. Ich liebe Dich!« – »Warum kann ich mir gerade kaum vorstellen, dass es um Liebe geht? Kannst Du mir das sagen?«

»Sind wir allein?«, fragt Olivia am Abend. Sie schaut erst mich mit überraschter Miene an, dann Michael, der unmerklich mit den Achseln zuckt.
»Kalina kommt später«, erkläre ich, »und die anderen hatten keine Zeit.«
»Was ist mit Dimitri?«, erkundigt sie sich.
»Der muss ein Referat abgeben.«
Ich deute zum Balkontisch, auf dem der Käse liegt, den ich mit meiner Freundin vor anderthalb Wochen gekauft habe, dazu wird es im Backofen geröstete Brotscheiben geben und gesalzene Butter. »Kochen war nicht drin«, erkläre ich.
Michael greift zum Weinkühler. Wir warten. Kalina kommt gegen halb neun.

Ich habe in Bremen übernachtet und treffe am Vormittag Olivia im Bürgerpark. Wir setzen uns auf die Wiese. Sie fragt, ob ich mich selbst beobachtet hätte am vorherigen Abend »während dieser knappen Stunde mit Kalina, in der du auf eine Weise kühl behandelt worden bist, wie ich es noch nie gesehen habe, Kristian. Es war unheimlich.«
»Wir hatten vor dem Treffen einen Streit«, sage ich, »weil es Probleme mit der Wohnung gab, weil sie eigentlich nicht kommen wollte und den ganzen Tag in Padborg gearbeitet hat.«
»Und das glaubst du?«
»Dass sie in Padborg war, weiß ich.«

»Glaubst du wirklich, dass Kalina wegen der Baustelle absagen wollte und nicht, weil sie keine Lust hatte, uns zu treffen?«

Ich bin enttäuscht. »Mir kommt es vor, als würdet ihr mir nicht gönnen, dass ich Kalina an meiner Seite habe. Ihr lest zwar Sachen wie den *Tristan*, aber wenn sich jemand in der Wirklichkeit ganz schlimm verliebt, wird er pathologisiert.«

Olivia betrachtet mich lange und schweigt.

»Man muss etwas aushalten, man muss die Schwächen des anderen verstehen«, sage ich.

»Verlustangst«, entgegnet sie, »du hast Angst, deine Schickse zu verlieren, deshalb bist du bereit, alles aufzugeben, was dich ausmacht, deine Literatur, deinen Humanismus, deine Freiheit. Du hast keine Zeit mehr für uns, du hörst auf zu kochen, du gibst alles auf – du gibst dich auf.«

»Ihr wart entspannt mit Kalina.«

»Sie wirkte, als wäre sie auf einem Geschäftstermin, und es war deutlich, dass sie sich nicht mit uns gemein machen will. Sie war künstlich und ist jeder persönlichen Frage ausgewichen.«

»Ich habe noch nie«, entgegne ich, »einen feinsinnigeren Menschen getroffen.«

»Du hast danach von einer Ehe gesprochen, Kristian. Ernsthaft?«

Ich entgegne: »Kalina wird bald die Pille absetzen. Sie wird bei mir bleiben, ich werde bei ihr bleiben. Ja!«

»Was«, fragt Olivia, »denkt sie über deine Literatur, über deine Rezensionen, über deine Wohnung, über die Bücher, darüber, dass du Geisteswissenschaftler bist, dass du dich auseinandersetzt mit komplizierten Phänomenen und gleichzeitig so etwas Einfaches wie Gesellschaftsspiele magst?«

»Sie findet das alles gut«, entgegne ich.

»Sie findet es *gut*?« Olivia klingt spöttisch. »Cornflakes sind *gut*, aber was dich ausmacht, ist etwas Tieferes!«

»Weißt du«, ich spüre wieder diese Wut in mir, »Kalina will eigentlich nicht, dass ich dich treffe. Sie findet es verachtungswürdig, dass du Michael am Anfang eurer Beziehung betrogen hast. Du urteilst, ohne auf dich selbst zu schauen. Du wertest jemanden ab, der mir mehr bedeutet als alle anderen Menschen zusammen.«

Stumm schaut meine Freundin ins Nichts.

»Ehrlich gesagt«, ergänze ich, »war sie heilfroh, dass sie gestern nur so wenig Zeit hatte, um mit dir zu sprechen. Und ich kann Kalina immer besser verstehen.«

Als meine Freundin am nächsten Abend von ihrer Kindheit erzählt, wird plötzlich jene Verbundenheit zwischen uns deutlich, die ich verspürt aber bislang nicht in Worte habe fassen können. Sie erzählt von ihrem Vater, der im Herzen stets ein Künstler geblieben ist.

Früh war Thomasz Mickiewicz aufgestanden, um morgens allein mit seinem Block und dem Tuschekasten am Fenster zu sitzen. Manchmal musste er so zeitig ins Büro, dass er sich von Kalina und ihrer Schwester Freja nicht verabschieden konnte. An diesen Tagen hatte er beiden eine Zeichnung neben den Frühstücksteller gelegt, meistens Tiere, die seine Töchter daran erinnern sollten, dass ihr Vater an sie dachte.

Ich selbst habe kaum Erinnerungen an die Jahre meiner Kindheit, die mir wie ein schwaches Licht vorkommen. Ich erinnere die dunklen Eichenmöbel, die meine Eltern in die viel zu kleine Mietwohnung gestellt hatten; außerdem ein niedriger Kurbeltisch, eine Schrankwand mit beleuchteter Bar, deren schwere Tür stets verschlossen blieb. Es gab in dieser Schrankwand zwei Fächer, in denen Karl-May-Romane hinter Porzellanfiguren verstaut waren.

Ich muss an Wörter wie Stockbett denken, Makramee, Römertopf, Shamp-Turnschuhe und Kindergottesdienst, den ich stets mit dem plingend klaren Ton des Cembalos verbinden werde, auf dem die Lieder aus der *Mundorgel* begleitet wurden.

Es gab Vorkommnisse, die mehr oder minder gleichzeitig geschahen, weil es nicht nur meinen, sondern auch Kalinas Eltern wichtig war, dass gute Schulnoten nach Hause gebracht wurden. Morgens konnte es also geschehen, dass die beiden Mädchen ein Bild neben ihrem Frühstücksteller fanden. Aber es gab auch Abende, an denen nur eine Kleinigkeit vorfallen musste, vielleicht weil eine Drei geschrieben worden war oder Freja ein freches Wort in Gegenwart der Mutter gesagt hatte, vielleicht war ein Kakaobecher während des Essens umgekippt. Es konnte sein, dass der Vater getrunken hatte, dass seine Stimmung dann kippte und er den Ledergürtel aus den Schlaufen zog.

Oft konnte Kalina nicht rechtzeitig fliehen. Oft war sie dem Vater ausgeliefert, der hinter ihnen beiden herrannte, und dem es gleichgültig war, auf welche Stellen ihres Körpers sein Gürtel traf. Genauso wie ich kann Kalina seit jener Zeit spüren, wenn sich eine Stimmung ändert, weil sie lernen musste, die Zeichen zu lesen, welche erahnen ließen, dass in wenigen Sekunden der Vater beschließen sollte, auf sie einzuprügeln. Diese wenigen Sekunden hatten manchmal gereicht, um ins Zimmer laufen und den Schlüssel umzudrehen zu können.

»Das ist der Grund«, sagt Kalina und schaut mich, während wir auf dem Balkon sitzen, traurig an, »weshalb ich jetzt dichtmache, wenn es mir wichtig ist. Tom hat mich am Telefon daran erinnert, dass ich mich dir gegenüber nicht komplett öffne. Es tut mir wahnsinnig leid. Verstehst du, was ich meine?«

Ich verstehe, was Kalina meint. In Winterhude ist mir eine vielleicht Zweiundzwanzigjährige aufgefallen, eine junge Frau, die ungewöhnlich schnell und mit abwesendem Blick durchs Viertel streicht. Sie trägt ausschließlich Tanktops und enge Boxershorts. Sie hat Sneaker an, die weiß sind und sehr teuer aussehen. Ihr feines blondes Haar fällt glatt über die schmalen Schultern, und es ist unübersehbar, dass sie auf einen BH verzichtet.

Sie sieht traurig aus, denke ich jedes Mal und versuche, alle Stellen ihrer sichtbaren, ihrer dünnen Haut zu verstehen. Ihr Anblick verstört mich, die großen Schatten unter den blassblauen Augen, die hervorstechenden Knochen des Schlüsselbeins, die fettlosen Fesseln. Sie hat immer eine kleine Wasserflasche in der Hand, und was mich am meisten verwirrt: dass sie weder Schmuck trägt noch geschminkt ist.

»Die läuft hier seit Langem rum«, sagt Kalina, »ganz schlimm ist es im Winter, wenn sie ihre dicke Daunenjacke trägt, unter der die dünnen Beinchen wie Streichhölzer in ihre Moonboots hineintauchen.«

»Ich verstehe Magersucht nicht«, sage ich, Mitleid empfindend für diese Unbekannte, die einen brennenden Schmerz in sich verschlossen halten muss. »Dennoch bin ich froh«, setze ich hinzu, »dass ich in den letzten Monaten acht Kilo abgenommen habe.«

Meine Freundin lacht. »Dafür habe ich in den vergangenen zwei Jahren acht Kilo zugenommen«, sagt sie.

Ich muss an die seltsame, wie inszeniert wirkende Diskothekenszene mit dem Mercedes-Angebot denken und entgegne, ihr zuzwinkernd: »Mach dir nichts daraus, dann wird's beim nächsten Mal ein Mini Cooper.«

Kalina stößt mich mit ihrem Ellbogen an. »Pikatchu! Du wolltest dich beherrschen!«

Dann schweigt sie.

Wir schweigen beide und sagen auch weiterhin lange Zeit nichts, sitzen nur nebeneinander da, die Beine auf den gegenübergestellten Bistrostühlen, während es kühler wird.

Am Sonntagnachmittag begleitet mich Kalina in die Agentur. Still sitzt sie im weißen Cocktailsessel vor meinem Schreibtisch und betrachtet das Cover von Siri Hustvedts *Die gleißende Welt*. Sie schaut auf die Innenklappe und verbindet spielerisch mehrere Romantitel: »Was ich liebte nicht hier, nicht dort als zitternde Frau im Sommer ohne Männer, eine überlebensgroße Jederfrau.«

»Es geht um dich?«, entgegne ich lachend.

Kalina schlägt die erste Seite des Romans auf und beginnt zu lesen. »Ob ich es mir wohl ausleihen darf?«

»Ich schenke es dir«, sage ich, »es ist ein Rezensionsexemplar, das ich gerade nicht brauche. Am Ende steht es eh bei uns, zwischen den anderen Büchern, in unserer Bibliothek.«

»Darf ich vielleicht erst einmal einziehen?«, fragt Kalina und verlässt genervt den Raum, lässt mich ratlos zurück.

Als wir spätabends in der Dunkelheit zum Stadtpark joggen, macht sie plötzlich kehrt, obwohl wir noch nicht einmal fünfzehn Minuten unterwegs sind. Kalina läuft heim, ich will ihr noch hinterherrufen, sie solle es bleiben lassen, trabe aber weiter und finde mich wenig später in der Mitte eines Waldes wieder, abgeschnitten vom städtischen Licht.

Beinahe eine Stunde brauche ich, um nach Irrwegen nass geschwitzt wieder vor dem Apartment anzukommen. Sie ist längst geduscht und hat sich auf dem Balkon eine Zigarette angezündet, die nun im Aschenbecher glimmt.

»Da bist du ja«, sagt Kalina, »beeindruckende Kondition ... Ich kaufe dir eine Pizza, wenn du magst. Ich weiß, wo es die beste gibt.«

Eigentlich möchte ich fragen, warum sie umgekehrt ist, schweige aber, weil ich Kalina nicht provozieren will, und gehe ins Badezimmer.

Ich bin erschöpft.

Vormittags schickt meine Freundin verführerische Bilder und schreibt: »Schau, ich habe mir ein neues Kleid gekauft.« Ich antworte etwas Schmeichelhaftes über den Schnitt, dass sie alles tragen könne, und ergänze: »Du schaust zu ernst, dabei bist Du lachend herzig.« – »Ich bin in Pose«, schreibt sie zurück, und dann weiter: »Vielen Dank ;) Ja, lachen.« – »Es ist Dein Lachen, in das ich mich besonders verliebt habe, in das Offene an Dir.« – »Dann zeige ich Dir ein Bild aus Nizza. Da habe ich im Palazzo gesessen und ein bisschen gespielt. Bin zwar etwas aus der Übung, und der Flügel war ziemlich verstimmt, aber es hat trotzdem Spaß gemacht.« – »Du kannst Klavier spielen? Es muss einen Haken geben. Manchmal denke ich: Aus Deinen Fotos kann man Filmsets machen und aus Deinem Leben einen Roman ... Aber einen russischen Roman aus dem 19. Jahrhundert.« – »Ich spiele nicht besonders gut. Eigentlich will ich schon seit Längerem wieder Klavierstunden nehmen. Komme aber einfach nie dazu. Einen russischen Roman?« – »Ja, mit Männern, die sich Deinetwegen duellieren.« – »Lieber nicht!« – »Hast Du Angst, ich könnte erschossen werden, oder sollte es keine Romane geben über Dich?« – »Bitte kein Blutvergießen! :) Aber selbstverständlich darf es über mich Romane geben. Wie oft habe ich mir genau das gewünscht: einen Roman über mich!«

Ergriffen schaue ich zwei Abende später auf die geöffnete Schatulle mit dem Verlobungsring, den ich zuvor beim Juwelier abgeholt habe. Es ist ein handgefertigtes Modell mit zwei in zartem Abstand untereinanderstehenden Brillanten, die zwischen leicht nach oben gebogenen Fassungsenden gespannt sind, dessen Gold, matt poliert, in seinem schlichten Schimmer Ruhe ausstrahlt. Ich hatte noch nie zuvor einen Ring gekauft. Diesen nun, meinen ersten, erstand ich mit großer Nervosität, weil diese wenigen Gramm hochkarätigen Goldes aufgeladen sind mit der Hoffnung darauf, dass Kalina mir vertrauen wird, auch ihr Umfeld, ihre Freunde.
Erst gestern hat sie nackt auf dem Bett liegend gesagt, dass man in Amerika anderthalb bis zwei Monatsgehälter ausgibt für einen Verlobungsring, und als ich sie darüber erschrocken

anblickte, hatte sie mich beruhigt: »Als ob mir so etwas wichtig ist, Kristian. Es ist die liebevolle Geste, die zählt.«

Der Ring wirkt schlank, sein Glanz schenkt etwas Mildes, Besänftigendes. Es ist wenig mehr als ein Monat vergangen, seit wir uns zum ersten Mal getroffen haben ... Kalina aber will es, sie will es wirklich. Wenn sie den Ring sieht, denke ich, wird sie spüren, dass ich es ernst meine mit ihr – und dass sie keine Furcht haben muss.

»Kristian, kannst Du mir erklären, warum Du mich vorgestern im Bett beinahe erwürgt hast? Ich kann nichts für Deine Aggressionen und möchte nicht, dass Du sie zum Gegenstand unserer Intimität machst.« – »Ich habe Dich nicht fast erwürgt.« – »Du lügst. Warum lügst Du so oft? Deine Briefe sind voller Lügen, sie spiegeln überhaupt nicht wider, was Du tatsächlich fühlst. Sie sind Gewissensbereinigung. Um mich geht es gar nicht.« – »Wenn Du so etwas schreibst, habe ich Angst, Dich zu verlieren.« – »Du wirst mich nicht verlieren, wenn Du endlich aufhörst, mir von anderen Frauen zu erzählen, wenn Du mich nicht weiterhin in einer der schwierigsten Phasen meines Lebens schwächst, wenn Du endlich lernst, wie ein erwachsener Mann zu sein. Ich möchte das so nicht. Aber ich möchte Dich.« – »Ich bin traurig um uns. Es tut mir weh. Ich weiß, der erste Mann, dem Du vertraut hast, hat Dich fürchterlich behandelt; aber ich bin anders als Dein Vater!«

Ich taumle im Unfassbaren. Weshalb werde ich von meiner Freundin immer wieder unter Verdacht gestellt? Ich begreife es nicht. Mein Empfinden für sie entspricht nicht der Art, wie sie es deutet, im Gegenteil, sie wertet es um.

Sie schreibt: »Kristian, Du verstehst es leider immer noch nicht. Deine Argumentation, die Du auf Schmerzen begründest, ist keine wirkliche Liebe. Unzählige Male hast Du Dich über mich lustig gemacht. Du hast beim Sex Gewalt gegen mich angewandt. Du hast mich mit Deinen ellenlangen Ausführungen

über Literatur, Deinen Job und Musik, die Du mir unbedingt um zwei Uhr nachts zeigen wolltest, absichtlich vom Schlaf abgehalten. Das ist psychischer Missbrauch, weißt Du das?«
Ich kann nichts dagegenhalten, ich möchte nicht streiten, ich versuche zu schlichten. Ich schreibe, dass ich dachte, es bereitete ihr Freude, vor allem das, mein Griff um ihren Hals.
»Ich wollte Dir etwas von meiner Leidenschaft zeigen. Es war ein Versehen, ich habe vor Jahren von einer Ex-Freundin gesagt bekommen, wie sehr das den Orgasmus ins Unendliche potenziert.« – »Du redest erneut von Deinen Ex-Beziehungen. Manchmal glaube ich, dass Du keine Vorstellung davon hast, was Geborgenheit bedeutet. Weil Du es selbst nie gelernt hast, kannst Du es schwerlich an andere weitergeben.« – »Das klingt nicht, als ob Du wirklich heiraten willst, jedenfalls nicht mich. Soll ich gehen?« – »Anstatt mich erneut zu verlassen, kannst Du einfach bleiben; und zur Ruhe kommen mit mir. Ich werde Dich heiraten, ich werde Deine Frau. Das verspreche ich Dir. Aber bitte verstehe, dass ich nicht in Schrecken versetzt werden kann. Geh achtsamer mit mir um.«

Abseits der anderen sitze ich mittags am Blankeneser Elbstrand und habe eine geöffnete Bierflasche neben mir stehen. Die vor mir liegenden Jahre erscheinen wie die Erfüllung aller Vorhersehung. Ich sehe Kalina in der Kirche direkt vor mir stehen, wie sie mich anblickt und mir, der bereits den Nachnamen Mickiewicz trägt, zuflüstert: »Ja, ich will.« Meine Artikel, die Bücher, meine Dissertation, alles wird überschrieben mit dem neuen Namen. Ich fühle mich frei, kurz vor dem Ende aller Anstrengungen, an der Schwelle eines neuen Abschnitts.
Es gab die kurzen sechs Wochen mit Patrizia, die etwas Suchendes in mir erblickt und mir gezeigt hat, wie himmelüberspannend weit Literatur gehen kann. Es gab Jasmin, die mich nach Cinque Terre mitgenommen und mir bewiesen hatte, dass

sich Gute-Nacht-Küsse in einem umgebauten VW-Bus ehrlicher anfühlen als teure Geschenke zu Weihnachten. Es gab Teresa, die wärmste Begegnung meines Lebens, die mich auf Indie-Disco-Abende begleitet hatte und noch nach unserer Beziehung nachts um halb vier in meine Wohnung gekommen war, um Bier aus meinem Kühlschrank mit den Zähnen zu öffnen.

»Du wirst«, hatte Kalina zu mir gesagt, »meine dänische Staatsbürgerschaft annehmen, wenn du möchtest. Und ich entwerfe für uns die allerschönsten Hochzeitsringe.«

Ich bin glücklich und erinnere mich an ein Lied der schottischen Rave-Band Primal Scream, ihre hypnotisch wirkende Liveaufnahme von 1991, wo bei endlos kreisenden, sich aus weiter Tiefe hervordrehenden Vertigo-Ringen eine Gospel-Band immer wieder neu die Gesangspur von Bobby Gillespie abnimmt und sich hinabfallen lässt in besinnungslose Trance, bis Zehntausende im Zuschauerbereich einstimmen und alle gemeinsam den immer gleichen Satz wiederholen, wie zum Gebet: »Together, together as one.«

Ich werde aus meinen Überlegungen gerissen, weil das Telefon klingelt: Kalina. Sie will wissen, wo ich bin.

»Morgen ist der Gerichtstermin«, sagt sie.

»Ich weiß, um viertel nach zehn.«

Sie reagiert nicht. Es ist ein Schweigen, in dem wieder Ablehnung spürbar ist.

»Was ist los?«, frage ich.

»Dass du dir nicht mal merken kannst«, sagt sie und klingt genervt, »dass der Termin für viertel *vor* zehn angesetzt ist.«

»Ich muss mich geirrt haben.«

»Hab du mal«, sagt Kalina spöttisch, »eine gute Zeit am Strand. Anders als du muss ich weitermachen. Die Patienten warten.«

»Ich freue mich aufs Lollapalooza«, sage ich noch vorsichtig, bevor sie auflegt, »in zwei Tagen sind wir da.«

Am nächsten Morgen ist Kalina offline, und sie kann nicht sehen, dass ich ihr in einer längeren Nachricht viel Kraft gewünscht habe für die Aussage gegen jenen Mann, der ihre Angst immer noch ins Panische anwachsen lässt. Ich hoffe, dass sich die Freunde achtsam in die Situation einfühlen. Ich bin in Sorge und wäre gern mitgekommen.

In der Mittagspause wähle ich das erste Mal ihre Mobilfunknummer und werde auf die Mailbox umgeleitet. In den folgenden Stunden bis zum Feierabend schreibe ich zwei Nachrichten und versuche mehrfach, meine Freundin zu erreichen. Hoffentlich ist sie nicht allein. Irgendwann sehe ich ihre Antwort.

Sie schreibt: »Telefoniere seit Stunden mit Freundinnen.«

Ich packe im Büro meine Sachen, gehe zum Hauptbahnhof und steige in den Zug nach Bremen.

Ich warte.

Kalina reagiert nicht.

Ich verabrede ein Feierabendbier mit Michael und schreibe, inzwischen ist es kurz nach zwanzig Uhr: »Dein Tag muss anstrengend gewesen sein, und meiner war es auch. Ich habe vorhin rasch gepackt. Wir sehen uns ab morgen drei komplette Tage und werden Zeit haben, damit Du mir alles erzählen kannst. In meinen zartfühlenden Gedanken bin ich bei Dir.«

Sie antwortet eine Stunde später, da sitze ich noch zusammen mit meinem Freund. Kalina scheint hilflos zu sein, das kann ich spüren, obwohl ich weit entfernt bin und nur stumm lese, wie sie mir vorwirft, an diesem Abend keine fünf Minuten zu haben, um sie zu trösten. »Du besitzt wenig Vorstellung von dem, was ich heute aushalten musste, als fehlte es Dir, wie so häufig, an Empathie.«

Hatte ich nicht angeboten, sie zu begleiten? Und konnte sie nicht sehen, wie oft ich heute weitergeleitet worden bin auf ihre Mailbox?

»Erkennt sie nicht«, frage ich Michael, »dass mein Leben eingerichtet ist auf unser Gemeinsames, dass ich die Hamburger

Zwischenwohnung gekündigt, dass ich jede Sekunde freigemacht habe, um bei ihr zu sein?«

Mein Freund beugt sich nach vorn, spielt mit seinem Feuerzeug, zögert, als suchte er nach den passenden Worten. Er mustert mich. »Du wirkst agitiert«, sagt er, »dir geht es schlecht.«

Ich flüstere, es sind Beschwörungen gegen mich selbst: »Kalinas Vorwürfe stimmen nicht. Was soll ich dem entgegensetzen? Was sie sagt, wirkt kalt. Ich liebe sie, und sie sagt, sie würde mich lieben, aber«, ich mache eine Pause, »ich weiß nicht, ob es gut ist, morgen nach Berlin zu fahren. Ich fürchte mich vor ihr.«

»Das musst *du* entscheiden«, sagt Michael. »Ob du sie an diesem Punkt stehen lässt und dein eigenes Leben weiterlebst.«

Ich denke an den Verlobungsring.

Ich nehme am kommenden Morgen den Zug nach Hamburg. Ich will reden. Am Bahnhof angekommen, beobachte ich Kalina aus sicherer Entfernung, wie sie auf der Wartebank am Gleis sitzt und Nachrichten in ihr Smartphone tippt. Sie bemerkt mich nicht. Minuten vergehen, bevor ich zu ihr trete. Kalina wirkt erschöpft.

»Was ist geschehen?«, frage ich unsicher.

»Lasse hat den Job in einer Unternehmensberatung nicht bekommen«, erklärt sie, »weil er für die vergangenen acht Jahren keine Sozialversicherungsnachweise vorweisen kann.«

»Er hatte sich beworben?«

»Ich werde mich nach Berlin darum kümmern«, sagt sie, »vielleicht finden wir eine Lösung.«

Ich halte zwei gekühlte Flaschen Bier, die ich zuvor am Kiosk gekauft habe, in die Höhe.

»Perfekt«, sagt Kalina, »das brauche ich jetzt.«

Wir haben Spar-Tickets erster Klasse gebucht und sitzen im Stillen. Kalina klappt die Armlehne nach oben und rückt während der Fahrt zu mir. Sie legt ihren Kopf auf meine Schulter. Ich habe meine rechte Hand auf ihrem Oberschenkel. Wir trinken das Bier und sind friedlich, ein normales Paar, das wie siebzigtausend andere Menschen an diesem Wochenende zum Lollapalooza-Festival fährt, um den Alltag für einen Moment zu vergessen.

Obwohl etliche Bands ab elf Uhr dreißig auftreten, planen wir, erst am frühen Abend ein Taxi in Richtung Treptower Park zu bestellen.
»Ich glaube, wir können verzichten auf Lindsey Stirling, Max Herre und Bilderbuch«, sagt Kalina mit Blick in den Festival-folder.
Wir kommen mit ausreichend freier Zeit im Adlon Unter der Linden an. Im Zimmer schlage ich vor, zwei Gin Tonic zu mixen, während sie sich hinlegen und entspannen kann.
Auf der Fahrt vom Hauptbahnhof über die nördliche Friedrich-straße hat Kalina von einer Party-Nacht im KitKatClub berichtet, die sie das Jahr zuvor mit ihrer besten Freundin durchgefeiert hat. Mir sagt die Szene wenig. Es ist nicht die Form, in der ich Intimität erleben will. Ich bin vor Jahren einmal in einem Swin-gerclub gewesen, es war die Idee einer Freundin gewesen, die dann auch über Nacht geblieben war, während ich schon nach einer Dreiviertelstunde den Laden verlassen hatte.
»Wie gut«, hat Kalina gesagt, »dass du jetzt hier bist und auf mich achtgeben kannst.«

Nachmittags verlassen wir das Hotel zu Fuß, gehen auf den Schattenseiten, am Kulturkaufhaus Dussmann vorbei Richtung Torstraße, wo wir nach einer Tasse Kaffee im Keyser Soze die wenigen Meter noch gehen wollen hin zur Brillenmanufaktur Lunettes, um dort ein Vintage-Gestell aus der Kollektion »ready when you are« in der gerade angesagten Tortoise-Mattierung auszusuchen, die an den intellektuellen Stil der Dreißigerjahre erinnert.

Ich habe vorhin Kontaktlinsen eingesetzt und werde zehn Tage warten müssen, bis die Brille nach Hamburg geliefert wird.

Das Festivalgelände erreichen wir kurz vor Einbruch der Dunkelheit. Der Berliner Electro-DJ Paul Kalkbrenner ist auf der Main Stage angekündigt. Mit einem Bier setzen wir uns ins Gras am Rand der Menschenmenge. Ich lege meinen Kopf in Kalinas Schoß und schaue nach oben, wo sich überkreuzende Laserstrahlen die Sternennacht durchmessen. Meine Freundin streichelt mir beruhigend über die Wange. Ich fühle mich zum ersten Mal belohnt für die Mühen der vergangenen Wochen. Ich komme zu mir, spüre Geborgenheit.

Die Zwei-Tage-Karte hat hundertneunundfreißig Euro gekostet, hinzu kommen die Bahnfahrt, das Taxi, meine neue Brille, das Hotel, unser Festivalbier; Ausgaben, die ich im Jahr zuvor, als das erste Lollapalooza in Berlin stattgefunden hat, nicht einmal mit viel Mühe vermocht hätte zusammenzusparen.

Kalina trägt ein cremefarbenes Kleid, das sie in der Woche vor der Abreise gekauft hat. Ihre Fingernägel glitzern. Sie wirkt entspannt, ganz anders als nach dem Gerichtstermin gestern Abend, über den bislang nicht gesprochen wurde. Als Paul Kalkbrenner seinen größten Hit *Sky and Sand* spielt, höre ich beim Refrain genau hin. Alles wird gut werden.

Vielleicht war ich zu empfindlich, werde ich später denken, als wir im Bett liegen.

Am Sonntagmorgen, dem zweiten Festivaltag, stehe ich allein auf und streife durch die Gegend am Brandenburger Tor, lasse mich ein wenig treiben. Mein Interesse gilt vor allem jener Stabhochsprunganlage, auf der das deutsche Team tags zuvor gegen die Konkurrenz aus Frankreich und Großbritannien gewonnen hat. Wenig später setze ich mich mit einem Buch in den Gastgarten des Adlon und ordere das teure Büfettfrühstück. Ich komme mit einer der Serviererinnen ins Gespräch und erzähle ihr, die sich höflich nach dem Inhalt meines Buchs erkundigte, von den darin vorgestellten Konzepten eines neuen Feminismus, der sich zur Aufgabe gemacht habe, für die Gleichheit aller Menschen einzutreten, weshalb auch ich mich angesprochen, von der Autorin gesehen fühle. Eine Viertelstunde reden wir miteinander, woraufhin sich meine Gesprächspartnerin von mir erbittet, ihr den Titel und Autorinnennamen aufzuschreiben, was ich auf einer der Karteikarten mache, die ich stets mit mir führe, falls es Wichtiges zu notieren gibt.

Wenige Minuten später sitzt Kalina mit ihrer Sonnenbrille am Tisch, und ich erzähle ihr, wie ich den Vormittag verbracht habe.

»Schön«, sagt sie, »ich konnte die halbe Nacht nicht schlafen, weil du vergessen hast, deine Beißschiene einzulegen, und als Dank flirtest du mit der Kellnerin. Bist du nur für einen Moment auf die Idee gekommen, dass ich mich über dieses Frühstück gefreut und es ebenso gern genossen hätte?«

»Das Büfett ist weitere zwei Stunden geöffnet«, erwidere ich.

»Du strengst mich an«, sagt sie, »es ist immer irgendwas.«

»Ich bestelle Kaffee«, lenke ich vorsichtig ein.

»Hast du ihr gleich erzählt, dass du quasi ein Professor bist?«, fragt sie.

»Ich möchte auf keinen Fall«, mein Ton wird, ich kann ihn nicht kontrollieren, scharf, »dass du so mit mir sprichst. Das wird mir nicht gerecht!«

Ich stehe auf, will in Ruhe einen Kellner suchen, um das zweite Frühstück zu bestellen und für einen Augenblick Abstand zu gewinnen.

»Bleib nur sitzen«, sagt Kalina und erhebt sich ihrerseits, »ich kehre ins Zimmer zurück: allein.«

Die schweren Damastvorhänge sind zugezogen, und nur das gedimmte Licht der Schirmlampe seitlich des Bettes ist angeschaltet. Kalina liegt auf der Daunendecke und blickt mich entschuldigend an.

»Es tut mir leid«, sagt sie, »ich wollte nicht unbeherrscht sein.« Ich lege mich dazu und halte sie im Arm. »Du musst dich nicht entschuldigen«, entgegne ich.

»Es wird alles gut«, sagt sie, und ich glaube ihr, denn wie könnte es anders sein, wenn man beschlossen hat, sich zu verloben?

Der zweite Festivaltag ist ekstatisch, und wir kehren, während wir von Stage zu Stage wechseln, zurück in etwas Kindliches. Wir verschmelzen vibrierend mit der äußeren Welt. Wir streifen Arm in Arm durch den Lolla Picknick Garden und den Grünen Kiez, wir rasten im Kidspalooza-Areal und stellen uns vor, wie wir im übernächsten Jahr mit unserem Baby eben hier landen werden, weit ab von allem Lauten und Dröhnenden. Mein Hemd ist durchgeschwitzt. Ich habe es ausgezogen und in einen der Spinde gepackt. Am Abend liege ich mit einem langärmeligen Werbeshirt auf dem Bett eines jener nebeneinanderstehenden Gaze-Zelte, die am Rand des Festivals aufgestellt sind. Nur schwach hören wir Bruchstücke des mehrere Hundert Meter weit entfernten Radiohead-Konzerts.

Zuvor noch hatte sich Kalina echauffiert über die Bediensteten des Adlon-Hotels, die gestern wie heute mit gleichbleibend abschätzigem Blick auf unsere Festivalkleidung nachgefragt hatten, ob man uns »behilflich« sein könne. In Hamburg wolle sie Emile Bootsma, dem Direktor des Fünf-Sterne-Hauses vom unprofessionellen Verhalten seiner Angestellten Bericht erstatten.

Jetzt aber hat sie sich auf mich gelegt. Ich bin erregt. Wir sind erregt. Ich berühre Kalina unter ihrem Kleid, ich küsse ihre Schultern, ich passe mit wachem Blick auf, dass niemand hineinsieht an den Seiten des fadenscheinigen Zelts.

»Ich würde am liebsten hier mit dir schlafen«, flüstert sie in mein Ohr.

»Wir werden beobachtet«, sage ich.

»Das ist aufregend.«

Ich habe eine Hand in ihrem Schritt.

»Ich kenne eine Location, etwas außerhalb, wo wir vögeln können«, sagt sie.

»An den KitKatClub habe ich auch gedacht.«

»Der hat heute geschlossen«, sagt sie, »ich weiß etwas Schöneres, komm mit«, und Kalina erhebt sich, mir ihre Hand hinhaltend, damit ich mich aufrichten kann.

Wenig später stehen wir, zwei erwachsene Menschen, die gerade das Festivalgelände verlassen haben, vor dem Eingang eines sehr ranzigen Electro-Ladens, aus dem laute Beats auf die Straße dringen. Wir sind die Ersten an diesem Abend. Die Location vermittelt eindeutig, dass nicht jeder hier reingelassen wird.

Ich verhandele mit dem Türsteher, der uns zu verstehen gibt, dass die Party reserviert sei für geladene Gäste. »Sorry, aber für euch gibt es heute keinen Einlass. Oder kennen wir uns?«, fragt er, und ich werde nervös, weil mir diese Abweisung peinlich ist.

»Das ist wirklich schade«, sagt Kalina, als wir die Straße hinuntergehen, »wir hätten Spaß haben können.«

»Es ist mein Werbeshirt, nicht wahr?«, erwidere ich, und fühle mich gedemütigt, weil ich noch nie vor einer Clubtür abgewiesen wurde.

Meine Freundin wirkt entrückt.

»Ich könnte etwas für uns finden«, schlage ich vor und setze mich auf die Treppenstufen unter einem Portal, öffne den Browser und suche nach einem Swingerclub, der sonntagabends geöffnet hat. »Da stört sich niemand am Shirt«, sage ich.

Kalina sitzt schräg hinter mir und schaut leicht von oben auf den kleinen Bildschirm, wo ihr geschmacklose Interieurs angezeigt werden von Erotikbetrieben, die Zwiespalt heißen, Tempeloase oder SpürBar.

Ich bin überfordert und denke an die KitKatClub-Party, auf der meine Freundin war, an den Pop-up-Store mit den Dessous, an ihren Handarbeitskurs im Tantra-Studio, daran, dass sie meint, ich schaute sie nur »verliebt« an, niemals aber ähnlich »lüstern« wie sie mich.

Nach einer Viertelstunde setze ich mich seitlich zu ihr. Kalinas Blick ist leer; und traurig.

Sie muss enttäuscht sein, denke ich und sage: »Lass uns ins Adlon fahren.«

Sie nickt stumm und mustert mich. »Ich rufe uns ein Taxi«, sagt sie, »es ist ohnehin spät, und morgen wollte ich mir die Hieronymus-Bosch-Ausstellung ansehen.«

Die Rechnung habe ich beglichen, die Summe wollen wir später aufteilen. Meinem Vorschlag, wir könnten im Frühling ans dänische Meer oder auf die Kanaren fahren, entgegnet Kalina mit dem leise ausgesprochenen Satz: »Ich möchte eine Fernreise machen, bevor unser Kind kommt, ich möchte nach Hawaii. Inselhopping.«

»Bereits das Wort Inselhopping klingt erschöpfend«, sage ich vorsichtig.

Da wird sie kühl: »Auf die Kanaren können wir, wenn das Kind da ist.«

»Ich weiß nicht, ich erinnere mich an die weinenden Babys bei den vielen Flügen, dich ich bisher gemacht habe. Der Druckunterschied ...«

»Kristian, dann geben wir unserem Kind ein Fläschchen. Ich habe so wenig Urlaub, dann möchte ich die knappe Zeit wenigstens an einem schönen Ort verbringen.«

Ich versuche, das Gespräch abzubrechen, und sage: »Mit dir ist es an jedem Ort schön.«

Wir haben das Museum besucht, Kalina anschließend den teuersten Bildband gekauft, der am Ausgang angeboten wurde. Ich blättere durch das Buch und bleibe minutenlang an der Abbildung eines Kopflosen hängen. Aus seinem offenen Hals ragt ein Silberlöffel.

Wir sitzen im Schatten der Nikolaikirche. Ich fotografiere meine Freundin, sie fotografiert mich. Auf der Rückfahrt schweigen wir.

Hotel Adlon Kempinski Berlin, Zimmer Nr.: 439
Anreise: 10.09.16, Abreise: 12.09.16,   Seite: 1
Rechnungs-Nr.: 514661
Original, Datum: 12.09.16 / 10:13

10.09.16	Spende BE Health Association	1.00
10.09.16	Logis	278.57
10.09.16	Übernachtungssteuer 5 %	13.93
11.09.16	Spende BE Health Association	1.00
11.09.16	Food & Beverage Terrasse Room' 439: CHECK' 0215683	54.00
11.09.16	Logis	227.14
11.09.16	Übernachtungssteuer 5 %	11.36
12.09.16	Minibar Softs Tonic Water	4.50
12.09.16	Minibar Getränke Tanqueray Gin	9.00
12.09.16	Master Card	0.00
	Total	Euro 600.50

Abends sitze ich Kalina auf dem Balkon gegenüber und sage: »Wir können nicht so miteinander umgehen wie zuletzt vorm Lollapalooza.«

»Da sind wir gleicher Meinung.«

»Wir wissen, was für übermorgen geplant ist, es ist zu wichtig ...«

»Hab keine Angst, Kristian. Ich bleibe.«

»Darum geht es nicht«, insistiere ich, »wir verstricken uns, wir kommen nicht raus, es ist traurig.«

»Du willst dich kurz vor meinem Geburtstag von mir trennen?«

»Nein. Ich habe nachgedacht. Vielleicht könnte uns jemand helfen, ein Mediator, einer deiner Freunde.«

»Dein Ernst?«

»Du warst mit einem Ex in Therapie, oder? Du kennst dich in diesen Dingen besser aus als ich. Was wäre, wenn ich mich auf ein Bier mit Lasse treffe? Er wird mir glauben, dass ich es ehrlich meine mit uns.«

»Für dergleichen Dinge hat Lasse keine Zeit! Wir kriegen das allein hin, wie Erwachsene, indem wir achtsam sind und einander vertrauen. Vertraust du mir?«

»Es fällt mir schwer zu vertrauen«, gestehe ich.

»Das habe ich gemerkt«, sagt sie.

»Es gibt etwas, das ich dir bislang nicht erzählt habe, etwas, das Ende des vergangenen Jahres vorgefallen ist.«

Kalina schaut aufmerksam.

Ich hole Luft. »Vor einem Jahr«, sage ich, »war ich noch in einer Beziehung.«

»Warum hast du mir nicht davon berichtet?«

»Weil es etwas Schmerzhaftes ist, weil meine damalige Freundin schwanger war. Wir erfuhren es während des Urlaubs in Taormina. Sie nannte es einen Unfall, ich nannte es unsere letzte Chance. Sie sprach vom ungünstigsten Zeitpunkt und ihrer Dissertation. Ich sprach von Möglichkeiten.«

»Was ist geschehen?«

»Sie hat das Kind abgetrieben«, sage ich, »kurz vor Ende der zwölften Schwangerschaftswoche. Es hat uns beide überfordert und verzweifeln lassen. Ich bin für einen Monat nach Teneriffa geflohen.«

»Habt ihr euch je wiedergesehen?«

Ich schaue Kalina an, die Tränen in den Augen hat, und schüttele den Kopf. »Danach habe ich mich in die Arbeit gestürzt, weil mir nicht klar war, was ich tun sollte.« Ich erzähle von den einsamen Tagen am Schreibtisch. Ich erzähle von den Abenden im Atelier gegenüber, und weshalb das Angebot der Agentur mein Leben auf eine neue Bahn gesetzt hat. Kalina flüstert mit erstickter Stimme: »Sie hat dein Kind umgebracht.«

»Nein, sie hat es nicht umgebracht. Sie war noch nicht so weit, ich war noch nicht so weit.«

Kalina schaut zitternd auf den Boden, rückt mit ihrem Stuhl dicht zu mir, zieht meinen Kopf zu ihrer Brust. »Was hat man dir nur angetan?«, flüstert sie und will nicht aufhören zu weinen. Ich bin erschrocken, wie heftig ihr Ausbruch ist. Mir ist, als hätte ich noch nie eine Frau erlebt, die auf ähnliche Weise Anteil genommen hat an meinem Schmerz. Kalina weint so sehr, dass ich sie selbst nach anderthalb Stunden noch trösten muss. Ich denke: Diese zarte Frau leidet mehr als ich, dabei hat sie nichts davon erlebt.

Am kommenden Tag nehme ich in der Agentur den Schlüsselbund und gehe zum Wandschrank, wo der Ring sicher im Spind liegt, versteckt hinter jenen Fotoalben, die ich keinesfalls mitnehmen will in die gemeinsame Wohnung. Schon bald, denke ich und öffne die kleine, mit Samt ausgeschlagene Schatulle. Es klopft an der Tür. Walter Dierks betritt mein Büro. Er kommt näher und fragt, was ich »Feines« in der Hand halte. Ich zeige ihm den Ring. Dierks beugt sich leicht nach unten und begutachtet die Fassung. Ich erlaube ihm, das Stück anzufassen. Er hält es gegen das Sonnenlicht.

»Der richtige Zeitpunkt ist gekommen«, sage ich.

»Der richtige Zeitpunkt wofür?«, entgegnet mein Chef.

»Wir wollen heiraten«, sage ich, »kommenden Mai, in den Cinque Terre, ganz klein, nur Kalina, ich und die engsten Freunde.«

Für wenige Sekunden ist es still. Dierks setzt sich auf den Stuhl vor meinem Schreibtisch. Er sieht mir in die Augen und sagt: »Vielleicht klinge ich wie ein alter Indianerhäuptling, aber es gibt zwei Sachen, die ich dir nun mit auf den Weg geben könnte, und das Erste ist: Sieh dich vor, Kristian. Und das Zweite können nur meine allerbesten Wünsche sein, dass das, was ihr euch vorgestellt habt, in Erfüllung gehen mag, obwohl«, er macht eine Pause, »ich glaube, dass Menschen die Angewohnheit haben, nicht zu wissen, was gut für sie ist. Wahrscheinlich muss man es selbst herausfinden.«

Dierks steht wieder auf, blickt mich direkt an.

»Du bist größer als ich«, sage ich, und mein Chef schlägt mir lachend auf die Schultern: »Jung, dass ich größer bin als du, das sieht man auf den ersten Blick.«

Den Nachmittag habe ich noch in der Agentur verbracht, zwanzig Minuten vor der vereinbarten Zeit aber, um zehn nach sieben, bin ich im L'Arpège angekommen. Mir wird ein Platz auf der Terrasse zugewiesen, und die Servิ่ererin fragt, ob sie einen Strauß Rosen bestellen solle, »möglicherweise für fünfzig Euro«, das garantiere eine schöne Größe, sie hätten einen hervorragenden Floristen zur Hand.

Man fragt, ob weitere Vorbereitungen über den telefonisch georderten Champagner hinaus zu treffen seien, aber ich bitte lediglich um einen Aperol auf Eis. Mir ist ein wenig schwindelig.

Ich kontrolliere zum wiederholten Mal, ob der Ring sicher verwahrt ist an seinem Platz in der Tasche des Jacketts, das ich mitgenommen habe, falls sich diese Hamburger Septembernacht allzu stark abkühlen sollte.

Man bringt selbst gebackenes Brot aus Spitzkohl und Dinkelmehl, getrüffeltes Olivenöl aus Ligurien und Fleur de sel.

Der Küchenchef kommt, stellt sich vor und sagt: »Ich werde später noch mal vorbeischauen, möchte Ihnen aber zunächst im

Namen des gesamten Teams einen fantastischen Abend wünschen. Sie haben Großes vor, wie ich hörte?«

Ich nicke.

Ich warte, und als ich gerade ein Stück Brot ins Olivenöl tauche, steht Kalina bereits lächelnd vor mir.

»Guten Abend, mein lieber Kristian«, sagt sie, greift nach meiner Hand und zieht mich vom Stuhl zu sich.

Sie umarmt mich.

Sie küsst mich.

Sie küsst mich erst auf den Mund und dann auf die Wange, bevor wir uns lösen, ich ihren Stuhl leicht abrücke und warte, bis sich Kalina gesetzt hat. Ich schaue diejenige an, die schon bald meine Verlobte sein wird.

»Wir sind beide aufgeregt, oder?«, fragt sie.

»Mir wurde schon der Küchenchef vorgestellt«, sage ich.

»Sternerestaurants sind wie eine Theaterinszenierung, Kristian.«

»Ich weiß«, entgegne ich und muss kurz daran denken, wie ich Miriam vor einigen Jahren in ein Landhaus ähnlicher Güte eingeladen hatte, wo sich ein Kellner den Abend hinweg nur um uns gekümmert hat. Noch zwei Wochen später erzählte meine damalige Freundin anderen mit leuchtenden Augen vom Menü und »diesem Thunfisch in Sashimi-Qualität«.

Kalina wird gefragt, was sie trinken möchte. Sie sieht mich an, fängt an zu lachen und sagt: »Schnaps!«

Dann wendet sie sich wieder der Bedienung zu und bestellt ein Glas Weißwein.

»Nehmen wir eine Flasche«, sage ich, »die wird schneller leer sein als gedacht.«

In den folgenden Stunden spüre ich Unruhe in mir ansteigen, während uns norwegische Jakobsmuscheln an Markknochen, Liebstöckel und jungem Knoblauch gereicht werden, Gänseleber zum Thymianbrioche mit einem Kompott aus alten Apfelsorten, ein Kartoffelsalattörtchen mit Gurkengelee und frittiertem Dill und Maisschaum zu Limette und Buchweizen, zum Abschluss ein süßlicher Steinpilz-Macaron mit Speckcremefüllung.

Auf die erste Flasche Wein folgen zwei Gläser Crémant von der Loire, danach Domaine de Chevalier Blanc. Ich merke, dass auch Kalina immer nervöser wird. Zwischendurch sitzen wir nebeneinander und halten einander fest, Hand in Hand.

Irgendwann verliere ich die Contenance. Es ist viertel nach elf. Ungelenk stehe ich auf. Mir ist schlecht, als ich mich plötzlich niederknie, erst auf den Boden blicke und dann mit Tränen in den Augen zu Kalina hinauf.

Ich versuche, mutig zu sein.

»Kalina«, sage ich und stocke, »ich möchte nie wieder in ein anderes Gesicht blicken, nur dich, immer nur dich anschauen. Ich möchte hier sein, bei dir sein, mit dir sein – und deshalb«, ich hole tief Luft, ziehe die Schatulle aus meiner Jackettasche, öffne den Deckel und frage, noch kniend: »Meine Kalina, deshalb, bitte – möchtest du mich heiraten und meine Frau werden?«

Kalina beißt sich auf die Unterlippe, und ich sehe Tränen, die ihre Wange hinablaufen. Sie birgt mein Gesicht in beiden Händen und mustert mich.

Es ist eine letzte Prüfung.

Sie schaut mich ein letztes Mal an als meine Freundin und flüstert dann: »Ja, Kristian, das will ich, ich will dich heiraten, weil wir uns lieben. Weil ich dich liebe, und ich verspreche dir auch etwas: Dass ich für immer dein kleines Herz beschützen werde.«

Drei Stunden später sitzen Kalina und ich im Taxi, das langsam vom L'Arpège Richtung Winterhude durch die Spätsommernacht fährt. Kalina ist nun sechsunddreißig Jahre alt.

Lange haben wir nach Mitternacht zusammengesessen, erst allein, später mit den Bediensteten des Restaurants, die mit uns angestoßen haben auf die Verlobung, den Geburtstag, auf eine Zukunft, die nun vor uns liegt als Ehepaar.

Im Fond schaut meine Verlobte still nach unten, den Körper leicht gegen das Fenster gelehnt. Gedankenverloren dreht sie den Ring an ihrem Finger.

Ich flüstere: »Was ich dir vorhin sagte, das meinte ich ernst aus der Tiefe meines Herzens.«

Sie entgegnet überaus scheu, ich kann nur die Spiegelung ihres Gesichts im Taxifenster sehen: »Bist du dir sicher?«

Im kontrollierenden Blick zurück beobachtet der Fahrer zwei Menschen, die hoffnungslos überfordert sind.

Ich erinnere Kalina, dass dieser Ring ein Symbol sei, ein Bedeutungsträger zwischen Entschluss und Verwirklichung, zwischen Versprechen und Trauung, ein Sinnbild, das blind würde im Moment der Nichterfüllung, »womit du mich zum ersten Mann machen würdest, der Kranzgeld bekommt«, sage ich.

Sie schweigt und beißt sich auf die Unterlippe.

Der Fahrer sieht im Rückspiegel, wie ich mich leicht herüberneige zu einer Frau, die mich zwar begleitet und einen Rosenstrauß neben sich liegen hat, aber derart verstört wirkt, als wäre sie in einen falschen Film geraten.

Eine halbe Stunde später liegt Kalina eingerollt neben mir. Wir hatten keinen Sex. Ich kann nicht schlafen. Ich betrachte ihre weichen Gesichtszüge. Ich beobachte, wie meine Verlobte nun ganz bedächtig ein- und ausatmet. Mein Blick wandert über die Silhouette ihres nackten Körpers, und plötzlich wird mir bewusst, welche Bedeutung hinter dem Versprechen steckt: dass ich ihr anvertraut bin. Das Letzte, was mir vor dem Einschlafen in den Sinn kommt, ist ein betörender, ist ein erschreckender Gedanke: »Ich erlaube dir, alles mit mir zu machen, meine Kalina. Was immer du willst.«

Dann wachen zwei auf, am ersten Morgen nach dem Heiratsversprechen, schauen sich an, noch im Bett, und können es gemeinsam nicht fassen, verlobt zu sein. Am ersten Tag liegt dieses Wort wie ein Schutzheiliger über allen Dingen. Zu zweit gehen sie duschen – und sind verlobt. Zu zweit frühstücken sie und trinken Kaffee – und sind verlobt. Zu zweit gehen sie hinaus in die Welt und möchten dieses Hochgefühl vollkommen in sich, an sich, miteinander spüren und der Welt ihr Glück mitteilen, ihr Glück, verlobt zu sein.

Oder man steht in der verlassenen Wohnung und hält jenen Zettel in den Händen, auf den Kalina folgende Worte geschrieben hat: »Kristian, ich bin mit Peter auf der Baustelle. Wollen wir uns später im Kafayas treffen?«

Um halb eins am Mittag bin ich beim dritten Espresso, als sich meine Verlobte zusammen mit ihrem Freund an den Tisch setzt.
Sie legt ihre Hand mit dem Ring in meine.
Sie küsst mich, und ich sage: »Alles Gute zum Geburtstag, mein Herz.«
Sie schaut verschwörerisch und lächelt.
»Wir kamen heute zu nichts«, unterbricht Peter, »das wird ein gutes Stück Arbeit bis zum Umzug, damit wenigstens der hintere Raum fertig ist.«
»Es gibt Probleme«, erklärt Kalina.
Ich zünde mir eine Zigarette an und höre zu, wo Schwierigkeiten mit der Elektrik aufgetreten sind. Eine komplette Wand muss aufgestemmt und im Wohnzimmer der Boden neu verlegt werden. Außerdem ist ans Licht gekommen, dass der Architekt fahrlässig gegenüber den Besitzern der nebenan liegenden Häuser gehandelt und mit vier Klagen umzugehen hat. Es wird unmöglich sein, am Samstag dort zu schlafen.
»Die Sachen werden aber rübergebracht.«
»Wir rechnen mit einer Verzögerung von sechs Wochen«, erklärt Peter und schaut mich an.

»Ich verstehe nicht«, sage ich, »deine Wohnung hier in Winterhude, die hast du nur bis zur kommenden Woche.«

»Wir werden uns etwas einfallen lassen.«

Ich blicke die beiden an und sage: »Immerhin sind wir seit gestern verlobt.«

Peter entgegnet lapidar: »Stimmt, das war ja auch noch.«

Er gratuliert mir nicht.

Als wir eine Stunde später gezahlt haben und Peter für einen Moment in Richtung Toiletten verschwunden ist, gehe ich mit meiner Verlobten zur Seite. Wir stehen abseits des Cafés.

»Hoffentlich kann die Wohnung als Ganzes gerettet werden«, sagt Kalina und hält mich an den Hüften, »deine Bücher werden warten müssen.«

»Das ist nicht schlimm, erst der Umzug.«

»Danke für dein Verständnis, wirklich, das ist lieb. Ich mag es, wenn du zurückhaltend bist, achtsam mit mir.«

»Organisieren wir uns etwas zur Zwischenmiete, das muss dieser Architekt eh bezahlen.«

»Ich werde bei Peter übernachten«, sagt sie, »ist näher an Padborg.«

»Ich habe keine Wohnung in Hamburg«, entgegne ich mit erstickter Stimme.

»Kristian, wir beide haben keine Wohnung!«

»Du wartest seit über einem halben Jahr auf den Einzug, richtig?«

Sie nickt.

»Das Schlimmste, was passieren kann, ist doch, dass die Wohnung verkauft und eine andere gefunden werden muss.«

»Wie meinst du das?«

»Ich habe davon wenig Ahnung, wenn es aber so weit käme, ich sage: wenn, ich sage: falls, also …«, ich stocke, ich fahre fort, »selbst wenn du rausgehen würdest mit Verlust, aber dafür endlich deine Ruhe hättest.«

Sie kommt näher, noch näher.

»Wenn wir heiraten, Kalina, dann haben wir ausreichend Möglichkeiten, um schnell etwas zu finden, einen gemeinsamen Ort, an dem wir leben und eine Familie gründen können.«

»Das musst du mir erklären, Kristian«, entgegnet Kalina und klingt sehr kühl.

In zahlreichen Albträumen habe ich mich hetzen lassen, durch meterhohe Heckenlabyrinthe hindurch, mit Fluchten, die zusammenwuchsen, sobald ich ins Helle sprinten wollte. Daran hatte ich mich, wieder zurück am Tisch im Kafayas, aufs Unheimlichste erinnert gefühlt, nachdem ich vergeblich nach Lösungen gesucht hatte für die Malaise, in der wir gemeinsam steckten.

»Und wenn es ein Verlust von hunderttausend wäre«, hatte ich ihr noch gesagt, »das schreckt uns nicht, weil wir zusammenstehen, weil wir Kinder haben wollen und niemals auf ein zweites, auf ein drittes Kind verzichten würden, um das Geld einzusparen.«

Ich hatte berichtet vom Vater eines Freundes, der eine hohe Summe durch Spekulationen verloren hatte, als der Staatsbankrott Argentiniens verkündet worden war. Ich hatte ausgeführt, wie dieser Mann beinahe wahnsinnig wurde ob des entgangenen Geldes, »sodass er nicht mehr einschlafen konnte und nur mit Hilfe von Psychopharmaka herauskam.« Ich hatte ihr versichert, dass ich selbst wisse, wie bitter es ist, eine finanzielle Niederlage zu verkraften, und ihr versprochen, »so oder so an deiner Seite zu sein.«

Kalina hatte mich erst lange mit feuchten Augen angesehen, dann geküsst, schließlich umarmt und mir vorsichtig in den Hals gebissen, bevor sie leise sagte: »Du bist ein guter Mann.«

Ich hatte sie gefragt, ob wir wenigstens an diesem Abend feiern wollten, ob etwas geplant sei, vielleicht mit ihren Freunden, und meine Verlobte hatte mich müde angesehen: »Ich weiß es nicht, Kristian, die Wohnung geht erst einmal vor, es ist alles zu viel.«

Im Verlauf der folgenden Stunden werde ich unruhig. Meine Verlobte antwortet auf keine der Nachrichten, die ich über WhatsApp an sie schicke. Ich fühle mich übersehen. Es ist eine Demütigung. Mehrmals hatte ich gefragt, ob wir abends etwas unternehmen wollten, aber Kalina war mir ausgewichen.
So nehme ich am frühen Abend den Zug nach Hause, um wenigstens frische Kleidungsstücke zu holen. Kurz vor der Einfahrt in den Bremer Hauptbahnhof vibriert mein Telefon.
Kalina schreibt: »Wo bist Du? Wir sitzen alle im Restaurant und warten auf Dich!«

L'Arpège Hamburg, Ihre Rechnung: Tisch: 103
15.09.2016 00:31
Bed. 1   Rg.: 9291

4	Taunusquelle still 0,75		32.00
2	Innovation 7 Gang		128.00
1	Div. Getränke		9.00
2	Duval Rosé 0.1		34.00
1	Div. Getränke		71.00
1	Div. Getränke		10.00
1	Käseteller		18.00
2	Div. Getränke		270.00
1	Div. Speisen		2.70
	Enthaltene MwSt 19 %	EUR	106.13
	Summe:	EUR	664.70

Vielen Dank für Ihren Besuch, auf Wiedersehen.

Ich kehre nach Hamburg zurück. Das Abendessen hat ohne mich stattgefunden. In verkrampfter Haltung sitze ich rauchend auf einer Bank gegenüber von Kalinas Wohnung und beobachte, wie sie in knapper Entfernung mit einer Freundin im schwachen Schein der Straßenlaterne flüstert. Verstohlen sind ihre Blicke, die sie von Zeit zu Zeit in meine Richtung werfen. Ich traue mich nicht, mich den beiden zu nähern. Ich warte ab. Ich fühle mich schuldig. Ich fühle mich hintergangen. Ich schäme mich. Mir ist schlecht. Ich bin wütend.

Ich rekapituliere den Tag und frage mich in Schleifen: Hat Kalina von diesem Abendessen erzählt, habe ich nicht richtig hingehört? Und weshalb ist es mir nicht möglich aufzustehen, um mich zu erklären?

Ab jetzt, das ahne ich, wird meine Verlobte mir nicht mehr trauen. Alles Erlebte war vergeblich.

»Du siehst unglücklich aus«, sage ich, im Türrahmen stehend, als Kalina sich vor mir entkleidet.

»Es war kein schöner Geburtstag«, entgegnet sie, »von der Wohnung angefangen bis zum abschließenden Verhalten meiner Schwester, die einen Streit vom Zaun gebrochen hat, der in seiner Heftigkeit alles der vergangenen Jahre übertraf.«

Sie erzählt, wie Freja, die wohl nicht ertrug, dass ihre Schwester alle Aufmerksamkeit auf sich zog, plötzlich aufgesprungen sei und Kalina mit den absurdesten Vorwürfen konfrontiert habe, irgendwann höhnisch darüber lachend, dass nun sechsunddreißig Jahre vergangen wären, ohne dass den Eltern ein Enkelkind geschenkt worden sei von eben jener, die dasitzen würde, als gäbe es ernsthaft etwas zu feiern.

»Was ist los mit Freja? Habt ihr so ein schlechtes Verhältnis?«

Kalina setzt sich auf den Rand ihres Betts, zieht ihre Strümpfe aus. »Borderline«, sagt sie, »vermutlich wegen des Vaters. Er hat es in ihr ausgelöst, weil sie nicht verstehen konnte, dass es den Vater zweimal gibt, als einen guten Beschützer und als gewalttätigen Erzieher.«

»Und dann wird man unverschämt infolge von Borderline?«,
frage ich, ohne zu wissen, was diese Diagnose im Einzelnen bedeutet.

»Vor fünf Jahren hat Freja versucht, sich umzubringen«, erklärt
meine Verlobte, »danach war sie lange auf einer geschützten
Station. Es hat eine Familientherapie gegeben, ich war dabei,
und es wurde über den Vater gesprochen, der sich in der Therapie unter Tränen entschuldigt hat, bei ihr, bei mir, bei meiner
Mama.«

»Du hast ihm verziehen?«

Sie nickt. »Der Vater ist als Kind in Polen auf diese Weise erzo-
gen worden, er hat es nicht anders kennengelernt und geglaubt,
Schläge seien notwendig.«

»Borderline führt zu Wutausbrüchen, ja?«

»Unter anderem.«

»Aber bei dir«, ich setze meine Worte bewusst und spreche leise,
»ist das nicht diagnostiziert worden, oder?«

Kalina legt sich auf die Bettdecke und blickt knapp an mir vorbei,
als fixierte sie einen Lichtpunkt hinter meinem Rücken. »Nein,
das habe ich abklären lassen«, sagt sie und spricht wieder über
ihr Geburtstagsessen, das morgen an gleicher Stelle wiederholt
werden soll, aber »unter schöneren Vorzeichen«.

Sie gibt mir einen Kuss.

»Genug davon, mein Verlobter«, flüstert sie, »jetzt möchte ich nur
noch das: dich spüren, bevor wir endlich einschlafen können.«

Als am nächsten Tag die Stunde gekommen ist, setzen sich alle
Freunde, setzen sich der Vater, die Mutter und Kalinas Schwester,
setzen wir uns an die zusammengestellten Tische im Goldbeker.
»Jetzt sind wir endlich zusammen, wie ich es mir gewünscht
habe«, sagt Kalina, »und da es unerwarteter Weise«, sie schaut
zu mir herüber, »das zweite Geburtstagsessen ist, werde ich bis
zum Umzug fasten müssen.« Sie lacht, nimmt den Champagner,

schenkt sich und mir ein, reicht danach die Flasche weiter mit den Worten: »Bis dahin abstinent zu bleiben, wäre nicht schlecht.«

Der Champagner geht von Gast zu Gast. Der Kellner hat Brot gebracht.

Kalina bricht ein Stück ab, blickt in die Runde und sagt: »Wir stehen, wie ihr wisst, vor einem neuen Abschnitt, Kristian und ich.«

Alle Augen sind auf mich gerichtet.

Ich kann nur ein leises »Ja« hinzufügen.

»Warum«, unterbricht die Mutter und blickt dabei streng auf mich, »solltest ausgerechnet du meine Tochter glücklich machen? Ich habe sie gestern sehr unglücklich erlebt.«

»Mama!«, sagt Kalina, »ich bitte dich.«

»Sie hat recht«, schaltet sich Freja ein, »Kristian, findest du es in Ordnung, meiner Schwester einen Heiratsantrag zu machen, ohne die komplette Familie getroffen und gefragt zu haben?«

»Freja, Lad os ikke argumentere. Jeg elsker Kristian meget. Og bare fordi du er frustreret, behøver du ikke at ødelægge alt igen.«

Ihre Freunde sind abgerückt.

Ich greife in den Rucksack, aus dem ich zwei Päckchen hole.

»Was soll das sein«, ruft Freja, »Sextoys?«

Lasse und Egil schauen mitleidig herüber.

»Freja, jeg synes, det er bedre, hvis du går. Vær barmhjertig«, fleht Kalina.

Ich nehme sie in den Arm. Mehr kann ich nicht tun.

»Nun pack schon aus!«, sagt Egil. »Wollen wir doch mal sehen.«

»Danke«, flüstert meine Verlobte, »das ist nicht nötig, nach dem schönen Essen, dem Ring.« Vorsichtig öffnet sie das Geschenk, faltet das Papier auseinander und hält dann eine dreibändige Ausgabe in der Hand. »*Grimms Hausmärchen*«, sagt sie.

»Dein Typ bekommt so was von den Verlagen kostenlos, schon mal dran gedacht«, ruft Freja und greift zur Champagnerflasche.

»Es ist für unser Bücherregal«, flüstere ich, und Tom, der aufgestanden ist, geht hinter meinem Rücken vorbei und sagt so laut, dass es alle am Tisch hören können: »Wann verstehst du endlich, dass es Kalinas und nicht deine Wohnung ist?«
Freja füllt den Rest des Champagners ins Glas und trinkt es in einem Zug leer.
»Wir sprechen uns noch«, sagt dann der Vater und stößt mit mir, dem Neuen in der Familie, an.

»Was meine Freunde angemerkt haben«, sagt Kalina, als wir auf dem Rückweg sind, »bedeutet keinesfalls, dass sie dich nicht lieb haben, Kristian.«
Ich entgegne: »Deine Mutter ist Skandinavierin und vermutlich deshalb kritisch.«
Meine Verlobte lacht: »So hätte ich's kaum schöner formuliert.«

Das Bett ist abgebaut, und wir haben die Matratze auf den Boden gelegt, zwei Tage bevor der Umzugswagen vorfahren soll. Ich betrachte Kalina, die nackt auf mir sitzt. In ihren sirrenden Pupillen spiegeln sich die Bewegungen ihrer Hüften wider. Ich bemerke, wie eindringlich sie mich ansieht, und dass ich nicht ablassen kann, dass ich zurückschauen, ihr standhalten muss, mit zusammengebissenen Zähnen.
Ich berge ihr Gesicht in meinen Händen und sage: »Wenn du wütend bist, möchtest du mich dann schlagen, ist es das?«
Im Zimmer ist es augenblicklich still. Kalina bewegt sich nicht mehr. Aus der Küche hört man das Rauschen der Spülmaschine. Binnen Sekunden bricht der Blick meiner Verlobten. Tränen steigen in ihr auf, als sie nun mich berührt, mit ihren Fingerspitzen an meinen Schläfen. Sie streichelt über meine Haut.
»Nein«, sagt sie, »das würde ich niemals tun.«
Ich erinnere mich an jene Stürze, bei denen ich an lang zurückliegenden Tagen in mein Innerstes gefallen war, Schmerzen und

Züchtigungen meiner Eltern erduldend, denen ich hilflos unterlegen gewesen war. Kalina erscheint mir übergroß und gütig. Ich nehme sie und ihren Schmerz in mich auf, wie ein Filmband aufnimmt alle Bilder, die auf dieses Band projiziert werden. Ich fühle mich leer. Ich fühle mich bereit.

Ich schaue Kalina direkt an und sage mit erstickter Stimme: »Ich würde es dir erlauben, nur dir, dass du mich schlägst; wenn du dafür bei mir bleibst.«

Am Tag des Umzugs stehen wir morgens um fünf Uhr dreißig auf. Wenig später kaufe ich an der Ecke Brötchen für die Helfer, die schon kurz darauf mit einem Lkw vorfahren. Als ich neben den aufeinandergestapelten Küchenstühlen stehe und noch rechtzeitig reagieren kann, bevor sie gegen eines der parkenden Autos fallen, kommt Kalina aus der Haustür und sieht mich erschrocken an.

»Ich bewache deine Stühle«, sage ich.

»Pass auf«, erwidert sie, »jedes Stück hat mindestens fünfhundert Euro gekostet.«

Ihre Freunde sind zugegen.

Die Angestellten des Umzugsunternehmens transportieren rasch Möbel, Kleiderkisten und bis zum Rand vollgepackte Bücherkisten aus dem zweiten Stock zum Siebeneinhalbtonner. Kalina stößt zu Lasse, Michael und Egil, die als Gruppe beisammenstehen.

»Habt ihr das mitbekommen?«, fragt sie. »Die Jungs rätseln, was ich beruflich mache.«

»Warm oder kalt?«, fragt Lasse.

»Ganz kalt«, sagt sie, »von der Krankenschwester bis zur Kriminalkommissarin war einiges dabei. Wollen wir wetten, dass sie niemals rausfinden, dass ich Zahnärztin bin?«

»Sie können sich nicht vorstellen«, sagt Egil, »dass du die Wohnung vom eigenen Geld bezahlt hast.«

»Und nicht der Papa«, ergänzt Lasse.

Ich stehe abseits der anderen.

Warum sagt Kalina nicht, dass sie Zahnärztin ist, wenn sie gefragt wird?, denke ich verwundert.

Am Loogestieg hat der Vater die Treppe gefegt und noch in der Nacht den hintersten Raum so präpariert, dass die Kartons und auseinandergebauten Möbel seiner Tochter in ihm untergebracht werden können. Thomasz Mickiewicz ist durchgeschwitzt.

Als ich allein mit meiner Verlobten beisammenstehe, sage ich: »Dem Vater tut wirklich leid, was er dir angetan hat, nicht wahr?« Kalina nickt. »Ich habe ihm endgültig verziehen. Es beginnt ein neuer Lebensabschnitt.«

Zwei Tage später schicke ich nach der Arbeit eine WhatsApp-Nachricht und frage meine Verlobte: »Hast Du Lust, mich von der Arbeit abzuholen?«

Kalina antwortet sofort und grenzt sich unmissverständlich ab. Sie schreibt: »Kristian, ich bin nicht Dein Taxi.«

Früh sitzen wir morgens auf einer Bank am Goldbekplatz, mit Kaffee und Brötchen aus der Bäckerei. Kalina öffnet eine Folie, in die dänische Leberwurst eingewickelt ist.

»Vom Supermarkt«, sagt sie, »etwas sparsam heute.«

»Das macht nichts.«

»Ein wenig schon«, sagt sie, »ich hatte eine Pastete aus der Metzgerei in die Praxis mitgenommen, aber meine Arzthelferinnen haben sie einfach gegessen. Die hier habe ich als Ersatz bekommen.«

Schweigend sitzen wir in der kaum mehr wärmenden Septembersonne.

Irgendwann sagt sie: »Ich möchte dich etwas fragen.«

Ich schaue meine Verlobte an.

»Müssen wir«, fragt sie, »meine Schwester zu unserer Hochzeit zwingend einladen?«

Ich blicke auf Kalinas linke Hand, auf den Ring. »Natürlich nicht«, sage ich, »aber es ist deine Familie. Die Entscheidung liegt bei dir.«

»Die einzige, die ich habe«, sagt sie.

Ich will gerade etwas entgegnen, als ein schlaksiger Mann in Jeansjacke mit St.-Pauli-Badges und einer zerrissenen Stoffhose vor uns stehen bleibt.

»Kalina?«, fragt er und beugt sich leicht hinab.

»Bubu!«, ruft sie überrascht und strahlt. »Wie geht's? Was treibst du?«

»Nun ...«, der Mann schaut verstohlen in meine Richtung, bevor er, mit dem linken Fuß auf den Boden tippend, sagt: »Man schlägt sich so durch. Bin auf'm Bau.«

»Das erklärt deine gesunde Bräune«, sagt sie.

»Ich will nicht stören«, entgegnet der andere zögerlich.

Kalina zwinkert ihm aufmunternd zu.

»Du kannst mir nicht vielleicht einen Zehner oder so leihen?«

Sie blickt sanft zu ihm hinauf. »Bubu, ich habe leider gar kein Geld dabei. Ist das sehr schlimm?«

Ich weiß, dass sie zuvor noch ihr Portemonnaie eingesteckt hat. Der, den sie mit Kosenamen angesprochen hat, schüttelt enttäuscht den Kopf. »Ich wollte nicht ...«, stottert er, nickt mir zu und verabschiedet sich ebenso hastig, wie er in die Szene hineingestolpert ist.

Ein paar Meter weiter bleibt er noch mal stehen und ruft herüber: »Vielleicht trinken wir in diesem Jahr trotzdem ein Bier oder so?«

Kalina winkt ihm zu. »Wir werden sehen«, ruft sie zurück. Dann schaut sie schweigend dem anderen hinterher, bis er an der nächsten Straßenecke abgebogen ist.

»Ein alter Freund?«, frage ich überrascht, aber ihr Gesicht wird starr.

»Wir sind gemeinsam zur Schule gegangen«, sagt sie verächtlich, »in der Mittelstufe. Der Typ war im Knast, weil er seine Freundin zusammengeschlagen hat. Von dem kann man sich nur fernhalten.«

»Mein Kristian, es ist etwas vollkommen Wunderbares geschehen; ich bin kurzfristig zu einer Fortbildung eingeladen, die vom 17. bis zum 21. Oktober auf einem Kreuzfahrtschiff stattfinden wird, das uns von Spanien zur italienischen Küste fahren soll. Ich freue mich wahnsinnig. Freust Du Dich für mich mit? Tausend Küsse von Deiner überglücklichen Kalina«
Als ich die Nachricht lese, bin ich konsterniert, weil sie bedeutet, dass wir nicht gemeinsam auf die Buchmesse fahren werden, wo ich ihr jene Räume hätte zeigen wollen, in denen ausnahmsweise ich sicherer bin als sie. Ich wollte sie mitnehmen auf die Verlagspartys, mit ihr an der Hand durch die Hallen gehen.
Ich antworte: »Hey, mein Herz, das klingt nach guter Zeit, auch wenn wir dann nicht gemeinsam nach Frankfurt fahren können.« – »Aber die Messe geht bis Sonntag, nicht wahr?« – »Schon, nur der Sonntag ist der schlimmste Tag von allen, weil die Hallen überfüllt sind, alle Partys längst stattgefunden haben und jeder erschöpft ist bis zum Gehtnichtmehr. Ich kenne das seit vielen Jahren. Dein Flug nach Sizilien startet Montag von Hamburg aus. Das wäre der reine Wahnsinn, wenn Du vom Schiff nach Hamburg, von Hamburg nach Frankfurt und abends von Frankfurt zurück nach Hamburg fahren müsstest.« – »Mh ...« – »Es gibt noch so viele Veranstaltungen und Verlagspartys, die wir in den kommenden Jahren besuchen können. Ich werde uns Urlaubslektüre mitbringen, für den Strand.« – »Du kannst zugeben, wenn Du mich nicht dabeihaben willst, ich bin fein damit«, schreibt Kalina.

Erst spätabends kehre ich in Kalinas Wohnung zurück und lege mich vorsichtig neben sie. Ich habe einige Gin Tonic getrunken, gemeinsam mit Michael und zwei Kolleginnen, im Außenbereich des Harms & Schacht.

Kalina hatte von mir ein Bild erhalten: »Man ist sehr neugierig auf Dich.« Aber sie lehnte ab, den Mühlenkamp hochzugehen.

Im Schlafzimmer ist es bedrückend schwül. Meine Verlobte hat mir den Rücken zugekehrt. Ich schaue sie lange an. Ich berühre sie nicht. Ist die Erwartung vermessen, dass Kalina zu mir rutscht, in meinen Arm? Ich frage mich, ob sie schläft oder nur so tut, als würde sie nicht bemerken, dass ich direkt an ihrer Seite liege. Ich wage kaum, ein- und auszuatmen. Nein, sie kann unmöglich schlafen, ich habe gerade das Zucken ihrer Wimpern bemerkt.

»Kalina«, flüstere ich leise.

Sie reagiert nicht

Ich schaue in der Dunkelheit zur Decke. Was mache ich hier? Auf meiner Seite ist es viel zu heiß, aber von Kalina strömt eine Kälte aus, die mich frieren lässt. Die Luft kühlt ab, je weniger ich mich bewege, je länger ich schweigsam ins Leere schaue. Ich fröstele.

»Bist du noch wach«, flüstere ich, noch leiser als zuvor.

Ich klaube die Decke vom Boden und rolle mich ein. Meine Lippen beben. Mir wird übel, fürchterlich schlecht. Mein Magen krampft. Dann springe ich auf, weil mir ist, als müsse ich mich übergeben. Ich ziehe mich an, steige in die Turnschuhe und stürze auf die Straße, ich laufe, ich flüchte durch die Nacht, ich sprinte gegen die Hitze an, bis ich dehydriert auf einer Parkbank zusammenbreche.

Am nächsten Morgen, einem Samstag, wache ich um elf Uhr auf. Nachts zuvor war ich zurückgekehrt und übergangslos eingeschlafen. Kalina sitzt mit einer Tasse Kaffee auf der anderen

Seite der Matratze und schaut still aus dem Fenster. Ich streichele ihr über den Rücken. Ich frage, ob sie gut geschlafen habe. Sie bleibt regungslos sitzen und sagt erschöpft: »Ich habe, nachdem du mitten in der Nacht verschwunden warst, kein Auge zugetan. Ich verstehe nicht, warum du mich permanent verlässt.« Sie zieht ihr Nachthemd über die Knie, schaut mich an und steht auf. Sie stellt ihre Kaffeetasse auf die Fensterbank.

»Wir müssen gleich in die Wohnung, der Maler kommt.«

»Ist in Ordnung, ich begleite dich. Frühstücken wir danach?«

Sie antwortet nicht, sondern geht Richtung Küche. Ich verlasse das Bett, um mich auszuziehen, falte mein Shirt, lege es auf die Matratze, schüttele die Kissen aus und gehe dann ins Badezimmer, zur Dusche. Ich stehe in der Kabine, und kurz bevor ich das Wasser anstelle, öffnet sich die Tür. Kalina kommt rein. Ich greife zum Duschgel und denke: Wir sind verlobt. Dass Kalina hier ist, zeigt, dass unsere Intimität etwas Selbstverständliches hat. Sie zögert.

Leise setzt sich Kalina auf die Toilette und scheint zu warten. Ich seife mich ein. Ich bewege mich vorsichtig. Ich höre sie pinkeln. Ich höre die Spülung. Erst danach drehe ich mich um, öffne die Kabine und ziehe ein Handtuch vom Wannenrand. Ich beobachte, wie sie ihr Nachthemd ablegt und in den Wäschekorb wirft. Ganz nah stehen wir uns gegenüber. Sie schaut mich müde an. Ich gebe ihr einen Kuss. Sie schließt die Augen, fasst mich an den Hüften. Ihr Körper ist ein wenig kühler als meiner. Grün wirkt das Licht, das durch die Milchglasscheibe ins Badezimmer fällt. Ich spüre ihre Brüste an meiner Brust. Ich greife meiner Verlobten ins ungewaschene Haar und beiße leicht in ihren Hals.

»Lass das«, sagt sie und stößt mich weg. »Wir müssen los. Gib mir fünf Minuten, ja?«

Auf dem Weg nach unten trage ich eine Zimmerpalme, die vertrocknet zurückgeblieben ist. Umständlich versuche ich, die

Pflanze in eine der halb vollen Mülltonnen zu stecken, die im Schatten des Hinterhofs stehen. Kalina ist neben mir und lässt einige Porzellanteller in die Tonne fallen.

Während wir gemeinsam durch den hellen Septembermorgen zur Wohnung gehen, telefoniert meine Verlobte mit dem Maler, der sich wenige Minuten verspäten wird. Sie antwortet, das sei nicht schlimm, sie würde Haus- und Wohnungstür angelehnt lassen, damit er sofort in den ersten Stock kommen könne. Es ist ein kurzes Gespräch.
Ich schaue auf meine Nachrichten. Michael fragt, ob ich gestern gut nach Hause gekommen sei, »du wirktest ein wenig angeschlagen.« – »Ich bin nicht an-, sondern erschlagen.« – »Harte Nacht?« – »Ja. Ist zu viel, das alles, und bald beginnt die harte Phase, die Messe, die Verhandlungen, die Abendessen. Ich habe keine Ahnung, wie ich das alles durchstehen soll.«

»Mit wem hast du jetzt wieder gechattet?«, fragt Kalina, als sie die Haustür aufschließt.
»Mit einem Freund.«
»Sicher?«
»Kann man das wissen?«
Sie blickt weg und atmet tief ein. »Kann man das wissen?«, wiederholt sie und schüttelt den Kopf.
Wir stehen in der Mitte des Wohnraums. Ich sehe zur unverputzten Betondecke. Sie tritt näher an die Wand.
»Fürchterlich«, sagt sie.
Ich komme dazu und bin ein wenig ratlos.
»Ich lasse das alles streichen.«
»Auch die Decke?«, frage ich, aber bevor sie antworten kann, steht der Maler im Türrahmen, kommt auf uns zu und reicht erst Kalina und dann mir die Hand.

Wie ein Kind stehe ich ein wenig hinter ihr und dem Malermeister, während die beiden diskutieren und meine Verlobte Anweisungen gibt.

Ich will etwas sagen, deute auf die Decke. »Was ist mit der?«, frage ich.

Sie dreht sich zu mir um. »Das kommt später. Wir sind hier in fünf Minuten fertig. Dann können wir frühstücken.«

Ich gehe ein paar Schritte durch die Wohnung und stelle mir vor, wie Kalina und ich genau an diesem Ort ein gemeinsames Leben beginnen werden. Ich schaue in den Wirtschaftsraum, wo die Waschmaschine und der Trockner stehen. Ich habe noch nie einen Trockner besessen. Ich gehe durch die geöffnete Wohnungstür. Ich steige die staubigen Treppen hinab. In einer Ecke stehen Kartons mit schwarzen Fliesen, daneben halb geöffnete Plastiksäcke mit Bauschutt, Folien und leeren Joghurtbechern. Es ist Unrat, der Ratten anziehen wird.

Als ich auf der Straße stehe, mache ich eine Notiz im Kalender: »Kalina an den Müll erinnern«, und tippe dann in meinen Mail-Account, um nachzusehen, wie weit es bis zu dem Kiosk ist, an den der Paketdienst meine in Berlin bestellte Brille geliefert hat. Es handelt sich um wenige Kilometer, direkt in der Lange Reihe, einige Stationen mit dem Linienbus entfernt. Ich warte erst zehn, dann zwanzig Minuten.

In der Apotheke schräg gegenüber beobachte ich Kunden, die Mückenspray, Sonnenmilch, Aspirin plus C kaufen. Keiner hat ein Rezept in der Hand. Vor wenigen Monaten habe ich das letzte Mal in einer Apotheke gestanden und eine Hundert-Pillen-Packung des niedrig dosierten Citalopram entgegengenommen.

Kalina ist oben. Ich setze mich auf die Bordsteinkante. Mir ist entsetzlich heiß. Ich schaue mich um. Zwei kleine Mädchen spielen Fußball am anderen Ende der Straße. Nicht erkennbar ist, ob sie versuchen, einander den Ball abzujagen, oder ob sie um ihm tänzeln. Ich sitze am Rand und denke nach über den Ring an Kalinas Finger und wie meine frisch Verlobte im Taxi nach dem Abendessen von mir abgerückt ist.

Ich beschließe, nicht länger zu warten und schreibe: »Hey, mein Schatz, stress Dich nicht, ich bin rasch in der Lange Reihe, die Brille abholen. Dauert nur ein paar Minuten, dann stehe ich Dir als neuer Mann gegenüber.«

Ich gehe zur Haltestelle, steige in den Bus und setze mich erschöpft auf einen der Sitze ganz hinten, wo ich den Wind spüren kann. Ich schalte Paul Kalkbrenners *Feed Your Head* an.
Sie schreibt zurück: »Hast Du vielleicht mal daran gedacht, dass ich mitkommen wollte?« Ich antworte: »Kalina, Du hast zu tun. Ich habe über eine halbe Stunde unten gestanden und wollte nicht stören.« Sie insistiert: »Ich bin hier gleich fertig.« Ich schreibe: »Trotzdem muss ich die Brille abholen. Lass uns treffen, im Café Gnosa vielleicht, wo wir vor ein paar Wochen waren.« – »Denkst Du, ich hätte Zeit für so etwas?« Ich verstehe nicht. »Vorhin wolltest Du noch mit. Dann komme ich zurück. Wir frühstücken bei Dir. Soll ich etwas mitbringen?« Sie ist wütend. »Du nervst, Kristian. Ich kapiere nicht, wie Du einfach gehen konntest.« – »Bitte, ich bin in spätestens einer halben Stunde bei Dir.« – »Mach, was Du willst. Ich muss gleich zurück in meine Wohnung, die Wand streichen.« – »Ich würde Dir gern helfen.« – »Du hast mir bislang an keiner einzigen Stelle geholfen.«

Auf dem Weg zurück habe ich die neue Brille aufgesetzt. Ich mache ein Selfie, schicke das Bild an Kalina und schreibe: »Zehn Minuten, dann bin ich da …« Ich sende die Fotografie an Olivia, die sofort antwortet: »Kristian, dieses Modell macht dich um circa 85 Prozent attraktiver. Gefällt mir.«

Ich höre Ellie Gouldings *Love Me Like You Do* und gehe langsam zur Wohnung meiner Verlobten, die mir kurz zuvor geschrieben hat: »Wenn wir hier durch sind, lade ich Dich zum Abendessen ein, Kristian; dann können wir über Dein Bücherregal reden.«

Kalina steht vor der Wand im Schlafzimmer.

»Hast du keinen Hunger?«, frage ich.

Sie arbeitet weiter, tippt die Rolle in den Farbeimer und sagt: »Später. Ich habe auf dem Weg ein Croissant gegessen, weil ich nicht ewig warten wollte.«

»Wir waren verabredet«, flüstere ich.

»Spinnst du?« Kalina legt vorsichtig die Farbrolle auf den Zeitungsstapel zu ihrer linken Seite, wischt sich die Hände am Shirt ab und dreht sich um. »Ich arbeite mir seit Wochen den Rücken krumm, und jetzt darf ich mir nicht einmal ein Croissant kaufen?«

»Ich finde es achtlos«, sage ich, »egal was ich einwende, es verärgert dich.«

»Es reicht!«

Diese Entsetzlichkeit!

»Ich bin nicht gut genug für deine Freunde, die sich über mich erheben, obwohl sie krank sind im Kopf, verwirrt von ihrer eigenen Sexualität, übergriffig und selbstunsicher. Ich bin nicht gut genug für deinen Vater, der ein Sadist ist, ich bin nicht gut genug für irgendeinen der Menschen, die um dich sind.«

»Mach weiter, lauf dich warm!«, schreit Kalina.

»Manchmal glaube ich, du liebst mich nicht«, sage ich zitternd.

»Ich habe«, entgegnet sie, »meine Schwester beim Abendessen gebeten, dich in Ruhe zu lassen, bei dem Abendessen, das wir nur wegen dir wiederholt haben.«

»Ich will«, sage ich, »dass mich dein kranker Kreis in Ruhe lässt, verdammt!«

»Du bist anmaßend und respektlos, Kristian!«

Ich lache.

Sie zieht den Ring vom Finger. »Nimm ihn, nimm dieses verdammte Stück, bis du dir sicher bist, mich wirklich zu lieben!«

Wie fortgejagt stürze ich die Treppenstufen hinab. Kurz stehe ich in der Hitze, dann laufe ich weiter in Richtung Hauptbahnhof, an der Binnenalster vorbei, durch die Lange Reihe.

Meine Verlobte schreibt unentwegt: »Kristian, Dein Verhalten mir gegenüber ist, erneut! indiskutabel. Wenn Du wolltest, dass mein Körper auf Deine Worte reagiert, dann hast Du Dein Ziel erreicht. Ich kann nicht aufhören zu weinen. Mir ist schlecht. Einfach nur schlecht. Wegen Dir habe ich mich gerade zweimal übergeben.«

Ich schaue auf die große Anzeigetafel in der Wandelhalle und gehe am Ende des Bahnhofs wieder hinaus, zum Steintorwall.

»Ich würde Dich bitten«, schreibt sie, »dass wir schnellstmöglich einen Termin finden, an dem wir unsere Mediation beginnen. Ich kann Dein Verhalten nicht ertragen. Heute war der einzige Abend seit Wochen, an dem wir etwas Zeit für uns gehabt hätten. Du hast ihn mir gerade verdorben mit Deinen kapriziösen Allüren, die entschieden zu häufig auftreten!«

Ich laufe zum Hafen. Ich will am Wasser sitzen. Ich habe das Smartphone in der Hand.

Kalina schreibt: »Du laugst mich aus.«

Ich sitze der Speicherstadt gegenüber, auf der kühlen Steinmauer, unter mir ist die Elbe, das schmutzige Wasser. Ich blicke auf mein Smartphone. Ich habe Kalina angefleht, den Ring zu behalten.

»Ist es Deine Angst, Kristian, sind es Deine Komplexe? Du bist abgehauen, mal wieder. Dein Geltungsbedürfnis ist nicht tragbar für mich. Ich werde es niemals allein befriedigen. Deshalb glaube ich Dir nicht, dass Du mir treu sein kannst. Du definierst Deine Männlichkeit über Sex. Du profilierst Dich damit.«

Ich lese, wie sehr ich mich selbst verachte und mich permanent vergleichen muss.

»Du erniedrigst mich. Nur so kannst Du Dich spüren. Für ein Kind, das wir gerne hätten, sind solche Umstände fürchterlich. Ich kann nicht Deine Therapeutin sein. Du verdrehst die Welt so, dass sie in Dein Selbstbild passt.« – »Das heißt«, entgegne ich, »es ist aus, endgültig?« – »Du bist ohne Verständnis, weil Du in Deinem Kopf eine Krankheit hast, weil Du nicht in der Lage bist, eine Frau mit Respekt zu behandeln. Du willst mich klein und gefahrlos halten. Vorhin hast Du mich sogar mit der Palme geschlagen.« – »Was?« – »Ich fasse nicht, wie viele Frauen es gibt, die so blöd sind, die Beine für Dich breit zu machen, während Du sie psychisch missbrauchst. Du lügst ständig. Es ist Dir egal, wie ich leide. Natürlich hast Du mich geschlagen, dreimal, als ich neben Dir stand am Mülleimer, die Blätter der Palme waren in meinem Gesicht!«

Ich öffne die Facebook-App und sehe, dass Kalina ihre Verbindung zu meinem Profil gelöscht hat. Ich bin entfreundet worden, einfach so.

Warum gehe ich nicht?
Ich kann nicht gehen.
Ich habe Angst, in ein noch größeres Unglück zu stürzen.
Ich weiß, dass ich Kalina liebe, dass ich mich entschieden habe.
Ich weiß, dass Lieben bedeutet, dem anderen die Möglichkeit zu geben, etwas Gutes zu tun, dadurch, dass er ist, wie er ist.
Aber wer ist Kalina? Wer ist diese Frau?

Besorgt kehre ich nachts in das Winterhuder Apartment zurück. Leise trete ich in den Flur. Ich ziehe meine Schuhe aus. Ich sehe meine Verlobte schlafend auf der Matratze liegen. Das Licht der Straßenlaterne erhellt schemenhaft den Raum. Erschöpft lehne ich mich im Sitzen an die Wand. Ich beobachte Kalina.

Eigentlich dürfte ich hier nicht sein. Doch ich bin da, weil sie zu mir gesagt hat: »Im Kreißsaal werde ich deine Unterstützung brauchen, du wärest schließlich mitverantwortlich für diese Situation.« Ich weiß, dass ich Kalina liebe; und dass sie mich liebt, kann nicht erfunden sein, ansonsten hätte sie längst gesagt: »Es ist vorbei.«

Was tun wir einander an? Es gilt gerade jetzt durchzuhalten, nicht aufzugeben, niemals zu gehen. Ich denke an unseren Sex im Padborger Fremdenzimmer, und wie sie mir geschrieben hat: »Kristian, wenn Du mir einen Antrag machen würdest, müsste ich vor Glück weinen.«

Haben ihre Freunde nicht gesehen, dass ich Bilderbücher mitgebracht habe als Zeichen meines aufrichtigen Glaubens an das Gemeinsame? Hat die Mutter nicht bemerkt, dass ich mich um ihre Tochter kümmere, ihr beim Umzug helfe, sie begleitet hätte zum Gerichtstermin, dass ich fast jeden Abend an ihrer Seite war?

Lange sitze ich auf dem Boden. Dann wacht Kalina auf.

Sie sieht mich an und fragt: »Warum bist du hier eingedrungen?« Sie setzt sich auf. »Kristian, wegen dir bin ich am frühen Abend auf der Straße zusammengebrochen. Ein Ehepaar hat mich in die Wohnung gebracht. Ich wurde aufs Bett gelegt, wo ich endlich einschlafen konnte.«

Ich höre beschämt zu.

Wir sind am Ende unserer Kräfte.

Ich versuche, zaghafte Worte zu wählen, aber Kalina wirkt abwesend. Sie ist, das spüre ich, nicht mehr im Hellen und Weißen, nicht mehr bei mir, sondern angekommen in der Dunkelheit.

»Werden wir es hier beenden?«, frage ich, und sie schlägt die Augen nieder.

»Möchtest du das?«

Ich schüttele stumm den Kopf. »Ich möchte«, flüstere ich, »dass du mich niemals loslässt, ich möchte, dass du mich beschützt.«

Beschwörend rede ich auf sie ein, über eine Stunde lang, und dann komme ich näher und lasse mich in den Arm nehmen. Kalina hält mich – und zum ersten Mal seit Jahren muss ich weinen. Ich bin erleichtert. Ich fühle mich: endlich erlöst.

Als ich am nächsten Morgen von Winterhude aus zur Agentur gehe, lese ich die Nachricht, die meine Verlobte aus Padborg an mich geschickt hat. »Warum«, steht da, »besitze ich für Dich nur den Wert eines Kleinwagens?«
Ich falle, ohne es aufhalten zu können, in bodenlose Traurigkeit.
»Antworte mir«, schreibt Kalina.
»Ich habe mich hundertmal erklärt und entschuldigt«, tippe ich ins Chatfenster, »ich möchte bei Dir sein und bleiben.« – »Weshalb«, insistiert sie, »sagst Du mir dann, dass ich alt sei, dass man mich höchstens gegen einen Mini Cooper eintauschen kann?«

Ich bin am Ende meiner Erklärungen. Mir ist, als spaltete sich etwas in mir ab. Ich blockiere Kalina, damit ich ihre neuen Nachrichten nicht sehen muss. Ich handele irrational. Warum spricht sie das Ende unserer Beziehung nicht aus? Ich möchte abwarten, denke ich, bis sich Kalina beruhigt haben wird. Ich stecke das Smartphone in die Hosentasche und biege nach links ab, um mir Kaffee zu kaufen. Ich spüre, als ich am U-Bahn-Gleis stehe, wie absurd alles ist. Ich mache die Blockierung rückgängig und sehe nun, wie sämtliche Nachrichten, die mich in den vergangenen Minuten nicht erreicht haben, nun abgeschickt werden als Monolog, der in sekundengetakteter Geschwindigkeit mein Chatfenster füllt.

»Kristian, ich weiß selbst, dass ich am Wochenende irgendwann gereizt war. Aber nur, weil ich erneut auf Dein Unverständnis und Deine Selbstbezogenheit gestoßen bin. Es hat mir einfach gereicht. Seit Wochen führst Du mir auf diverse Arten und

Weisen vor, wie unzulänglich ich bin. Du stehst nicht hinter Deinem Heiratsantrag. Schon im Taxi hattest Du ihn rückgängig gemacht. Nimm Dir einfach eine Jüngere mit dickerem Auto, mit mehr Geld, einer größeren Wohnung. Brauchst Du wieder Medikamente? Es wirkt so, das sage ich als Ärztin ganz aufrichtig. Du verlangst eine Versorgerin, die sich um Dich kümmert. Du verlangst, dass ich mich für Dich aufgebe. Ob Du dieses überzogene Geltungsbedürfnis entwickelt hast, weil Du als Kind nie im Mittelpunkt stehen durftest, weiß ich nicht. Ich weiß aber, dass ich im Moment nicht genügend Kraft besitze, um Deine Forderungen zu erfüllen. Ich habe schon mehrfach beobachtet, wie Du mit den Türen knallst. Ich habe Dich mit ruhiger Stimme gebeten, darauf zu achten. Du hast auf meine Bitten nicht reagiert. Jetzt, wo alle Möbel ausgeräumt sind, hallt es besonders laut. Ich habe Dich gefragt, wann Du Zeit hast, gemeinsam mit mir die Brille abzuholen. Es war nett gemeint. Ich wollte einen kleinen Spaziergang mit Dir durch die Sonne machen, bevor ich wieder an die Arbeit musste. Du aber warst telefonisch, mal wieder, nicht zu erreichen, obwohl Du STÄNDIG Dein Handy in der Hand hast. Als Nächstes kommt vermutlich meine Familie. Ich habe Dir gestanden, dass ich meine Schwester bei der Hochzeit nicht dabeihaben will. Ich habe Dich vor allen verteidigt, dabei hast Du Dich nicht unter Kontrolle. Du reichst mir nicht die Hand. Du schlägst mich und siehst Dich selbst als Opfer. Dabei ist nur Dein Ego gekränkt. Es leidet. Ich bräuchte mehr denn je einen Mann an meiner Seite, der mich unterstützt. Stattdessen unterstütze ich Dich und habe ein offenes Ohr. Du forderst und forderst, anstatt mir etwas zurückzugeben. Ist das etwa Liebe? Zeig mir, dass Du mich liebst, beweise es mir endlich, Kristian.«

Die ersten Stunden dieses Tages sind quälend. Immer und immer wieder lese ich, was Kalina geschrieben hat, und bin mir nicht sicher, ob das, was sie schreibt, der Wahrheit entspricht oder nicht. Ich fühle mich ohnmächtig, ausgeliefert, hilflos, weil ich den tiefsten und wahren Grund ihrer Ablehnung nicht benennen kann. Bin ich zu egozentrisch, habe ich meine Verlobte zu wenig unterstützt in den vergangenen Wochen, und sollte ich das Citalopram wieder nehmen? Versucht sie, die Situation zu lösen? Ich weiß nicht mehr, wo oben und unten ist. Ich spüre wortwörtlich nicht den Boden unter meinen Füßen.

Am Mittag verlasse ich das Büro und gehe in einen Park, um Kalina anzurufen. Das Gespräch ist kurz. Ich schlage vor, dass wir das verlängerte Wochenende nutzen, um wegzufahren, um zu reden, um uns Ruhe zu gönnen, Abstand von allem. Irgendwo in mir ist noch ein Rest an Kraft. Aber meine Verlobte hat längst andere Pläne.

»Ich möchte mit Egil, Lasse und Ahmet ausgehen«, sagt sie, »du bist natürlich eingeladen, uns zu begleiten.«

Sie stößt mich ab. Sie zieht mich zu sich. Sie lässt mich auf halber Strecke stehen.

»Findest du nicht, es wäre schöner, wenn wir Zeit für uns haben? Ich möchte mich ausruhen, mit dir, an deiner Seite.«

»Ständig kommt von dir das Argument mit der Ruhe, Kristian. Du bist frei, allein zu fahren«, sagt sie, »ich komme dann am Sonntag nach.«

»Aber das wäre nur eine Nacht!«

»Ich möchte meine Freunde sehen, die mir in den vergangenen Wochen mit der Wohnung geholfen haben. Das verstehst du, oder? Es kann nicht nur um dich gehen.«

Ich schreibe Kalina, nachdem sie aufgelegt hat, und tippe ins Chatfenster: »Willst Du ernsthaft anbieten, dass ich mitkomme? Warum? Wir hatten über dieses Wochenende gesprochen. Warum werde ich lediglich mitgenommen?« – »Deine Machtspiele sind unerträglich, ständig musst Du den Egozentriker spielen. Narzisst«, entgegnet sie. »Kalina, ich bin verzweifelt, weil ich Zeit mit Dir verbringen möchte, Dich aber so gut wie nie allein sehen darf. Ich bin verzweifelt, weil ich Dich nicht von meiner Liebe überzeugen kann. Erinnere Dich doch: Anderthalb Stunden habe ich gestern bitterlich in Deinen Armen geweint, das konnte ich nur, weil ich Dir vertraue.«

Ich stehe im Park. Ich setze mich auf den Rasen und strecke die Beine aus. Ich bin zentnerschwer. Ich bin entsetzlich müde. Um zehn vor zwei schreibt Kalina: »Ich erinnere mich gut an die Nacht. Ich hatte furchtbare Angst vor Dir. Deine Augen waren voller Hass. Bitterlich geweint habe nur ich. Du hast verbittert geweint.«

Ich versuche, die Gewalt jener vier Sätze zu erfassen, die ich wie in Trance in mich aufnehme und wieder abstoße, während ich mich in eine Geschichte fallen lassen, die ich vor einigen Jahren zum ersten Mal gelesen hatte. Ich stürze in einen Text, der von jenem Arzt erzählt, der als junger Mann einer Provinzschönheit mit prallen Brüsten verfällt. Später wird sie ihn jahrzehntelang quälen. Erst in der Nacht seines sechzigsten Geburtstags, als der Arzt einsam jene Fotografie betrachtet, die ihn und seine Frau in jungen Jahren zeigt, begreift er die Gefangenschaft. Wenig später bringt er seine Gattin um. Dieser Arzt bin ich, denke ich und spüre, wie mein Körper schockt.
Gedankenlos greife ich zum iPhone, öffne den Chat, tippe auf Kalinas Profil und schreibe: »Ich möchte die Verlobung lösen. Das war zu viel. Ich kann nicht mehr.«

Zwei Stunden später fordert Kalina, dass ich die Wohnungs-schlüssel schicke, »nach Padborg, mit der Lego-Figur. Das ist meine!« Ich könne, fügt sie an, meine restlichen Sachen am Samstag in Eppendorf abholen, »wenn Du die billigen Unterho-sen und No-Name-Shirts wiederhaben willst, die verdammten

Kinderbücher. Den Ring gebe ich Dir. Du hast etwas Wunderschönes zerstört. Du wirst es erkennen, wenn der Schmerz kommt; und der Schmerz wird kommen. Dir wird das alles irgendwann schrecklich leidtun. Du bist der schlimmste Partner, den ich je hatte!«

Ich bin tieftraurig, weil ich diese Frau noch immer liebe, aber weder sie noch mich halten kann. Was Kalina schreibt, klingt wie ein Fluch.

Wie ein Fluch.
Das denke ich immer wieder.
Nur diesen Satz: Wie ein Fluch!

Am Samstagabend sitze ich mit betrübter Seele am Kanal und warte auf Michael. Still erscheint die Welt. Ich halte den Kopf gesenkt. Schon gleich werde ich die Kisten in Michaels Auto laden, denke ich, wenn es mir nicht gelingt, mit Kalina an einen ruhigen Ort zu gehen, damit wir reden, damit wir uns gegenseitig erklären können.

Ich mache mir Vorwürfe, die Mediation nicht abgewartet zu haben. Ich kann mir einfach nicht vorstellen, dass gleich der letzte Augenblick meines Lebens kommen wird, da ich meiner Verlobten ins Gesicht schaue.

Michael hat geschrieben, dass er ein wenig später komme, weil er verschlafen hat. »Zehn Minuten, dann sammele ich Dich ein, Kristian.«

Ich habe in dieser Nacht kein Auge zutun können, aber dass Michael nicht wach geblieben ist, zeigt mir, wie allein ich mit meiner Angst bin.

»Du brauchst kein großes Auto«, hat Kalina geschrieben, »es sind nur drei Kisten mit Büchern und ein wenig Kleidung.« Ich antwortete ihr: »Wir hatten doch den ganzen Mini voll.« –

»Kristian, die Sachen sind in Kartons, sie stehen bei dem, womit ich umgezogen bin. Es geht nur um das, was noch in der Küche stand. Ich sortiere das nicht alles auseinander.«

Warum schrieb ich darauf: »Ich liebe Dich.«

»Sieh Dir«, entgegnete sie, »bitte die Ambivalenz und Widersprüchlichkeit Deiner Nachrichten an. Da muss man doch verrückt werden.« – »Aber ... Das eine schließt das andere nicht aus.« – »Das ist keine Liebe!« – »Ich weiß einfach nicht, wo wir im Augenblick stehen, Kalina. Ich würde Dich gern sehen. Ich komme nicht durch bei Dir. Ich möchte einfach in Ruhe mit Dir irgendwo sitzen. Ich möchte reden.« – »Ich kann das nicht! Das macht mich völlig kaputt. So kann ich nicht alt werden. So möchte ich nicht leben. Was auch immer Du mir heute zu sagen hast, es kann nicht ungeschehen machen, was in den vergangenen Wochen zwischen uns vorgefallen ist. Es hätten schöne Wochen sein sollen. Ich gebe Dir den Ring zurück. Weil es wichtiger ist, dass Du Deine Kredite abbezahlst, statt einer Frau, die Du für einen fürchterlichen Menschen hältst, etwas zu schenken.« – »Wenn wir nicht reden, dann haben wir keine Chance. Oder meinst Du: Es ist endgültig aus? Dann wirst Du die Verlobung heute lösen? Was Du erzählst, hat mit Deiner Angst zu tun, betrogen und enttäuscht zu werden, nicht mit mir.« – »Vier Mal hast Du mit mir Schluss gemacht und damit die Verlobung bereits mehrfach gelöst. Ich bin kein Spielball Deiner Launen. Du bestrafst mich ununterbrochen und wirfst mir verletzende Dinge an den Kopf. Und wenn ich wissen will, warum Du das machst, verlässt Du mich. Ich bin erschöpft. Es ging nie um etwas Gemeinsames. Du wolltest mit einer Heirat Steuern sparen. Und ein Kind wolltest Du. Meine Probleme haben Dich nie als gemeinsame interessiert. Du bist Dir selbst am allerwichtigsten in Deinem Leben, und Du wolltest auch wichtiger sein als alles andere in meinem Leben. Du wolltest die Lösung für alles sein. Aber Dein Verhalten mir gegenüber? Darüber hast Du nie nachgedacht. Deine Machtspiele und Demütigungen soll ich einfach hinnehmen? Du bist Dir zu schade für nur eine Frau. Ekelhaft! Das ist alles sehr ekelhaft! Und das Schlimmste ist, dass Du es nicht verstehst. Das hast Du gerade selbst vorgeführt. Du wirfst mich weg.« – »Ich werfe Dich nicht weg. Aber wenn Deine Vorwürfe nicht enden, dann sterbe ich, das spüre ich. Ich hatte noch nie eine Beziehung, in der ich so umfassend und permanent kritisiert, beschimpft und verdächtigt worden bin. Ich stehe Dir zärtlich gegenüber.« – »Du lügst ÜBERALL! Du verdrehst Situationen. Wie soll ich Dir jemals wieder vertrauen? Es geht nicht! Du weichst aus. Du lügst, lügst, lügst! Zärtlich? Wie höhnisch! Du warst voller Hass für mich. An dem Tag, an dem ich wegen Dir zusammengebrochen und auf der Matratze eingeschlafen bin, musstest Du in meine Wohnung einbrechen ohne Vorwarnung. Damals habe ich mich vor Dir gefürchtet und Dein wahres Gesicht gesehen. Vergebung, Empathie und Wohlwollen sind Dir fremd! Du bist Dionysos! Mehr nicht. Ich fürchte mich vor Dir. Dass Du mich nicht in Frieden lässt, sondern unaufhörlich mit Deinen verdrehten Geschichten bombardierst ... Leg Dir einen kompetenten Therapeuten zu.« – »Ja. Aber wie sähe ein Weg aus? Wonach suchst Du?« – »Ein guter Therapeut wird Dir Hinweise geben, damit die losen Enden in Deinem Kopf irgendwann vielleicht zusammenfinden. Du gehst erneut nicht ein auf meine Argumente. Du windest Dich heraus. Ich habe nicht behauptet, irgendeinen Weg mit Dir zu suchen.« – »Ich werde pünktlich sein.« – »Nimm dann bitte möglichst alles mit. Ich werde nicht allein sein!«

Ein Hupen schreckt mich auf. Mein Freund hat am Straßenrand geparkt und geht auf mich zu. Wir umarmen uns.
»Du hast die Haare kurz«, sagt Michael und streicht mir über den Kopf.
»Sieht blöd aus?«

»Mein Gott«, entgegnet er, »bist du unsicher geworden.«
»Ich fühle mich wie kurz vor 'ner Hinrichtung.«
»Na, ganz so wild wird's nicht werden, Kristian.«
Wenn es nur irgendeinen Weg gäbe, dies alles nicht geschehen
zu lassen, denke ich, was müsste ich dafür tun?

Als wir am Loogestieg ankommen, steht Kalina mit Tom, Lasse
und Ahmet auf dem Bürgersteig. Weiter hinten sind drei Kisten
mit Büchern und Wäsche. Ganz oben auf meine schwarze Leder-
jacke. Kalina tritt nach vorn.
»Verstärkung?«, fragt sie und nickt in Michaels Richtung.
»Ich möchte mit dir sprechen«, entgegne ich leise.
»Warum?«
»Bitte«, ich deute die Straße hinab, »nur ein paar Meter.«
Sie geht langsam neben mir. »Sag!«
Den Ring trägt Kalina nicht mehr.
»Ich möchte es dir erklären«, flüstere ich.
Sie bleibt stehen, mit dem Rücken zu einer Litfaßsäule. Sie schüt-
telt den Kopf. »Ich will es nicht wissen«, sagt sie.
Ich schaue nach hinten, wo Michael mit den anderen zusam-
mensteht.
»Wir lieben uns«, sage ich, »aber wir sind überfordert.«
»Du bist geisteskrank«, entgegnet sie, schüttelt wieder den Kopf
und hält die Hände abwehrend gegen mich.
»Ich bin nicht geisteskrank, ich fühle mich hilflos.«
»Kristian, du bist schändlich mit meinen Ängsten umgegangen,
obwohl ich dir tiefe Einblicke in meine Seele gewährt habe.«
»Das wollte ich nicht«, sage ich kleinlaut und frage: »Gibt es eine
Chance?«
Kalina lacht spöttisch.
Sie lacht mich aus.
In dieser Gnadenlosigkeit ähnelt sie dem Vater.

Als wir wieder bei den anderen sind, stellt sich Kalina hinter ihre Freunde, die nun eine Mauer gegen mich bilden.

Lasse hält einen Ausdruck hin, auf dem steht: »Hiermit quittiere ich, Kristian Sandberg, den Verlobungsring (Goldring mit zwei gefassten Solitären) sowie Wohnungsschlüssel von Kalina Mickiewicz eigenhändig zurückerhalten zu haben. Hamburg, den 01.10.2016.«

»Was soll das?«, frage ich.

»Dort bitte signieren«, sagt Lasse, und Ahmet zeigt mir die geöffnete Schatulle mit dem Ring.

»Kalina!« Ich versuche, zwischen der Mauer ihren Blick einzufangen: »Ich liebe dich.«

»Das ist keine Liebe!«, sagt sie und wird unbeherrscht. »Alles hast du zerstört. Du wolltest mit meiner besten Freundin ficken und dich auf Tinder und Once anmelden, um neue Frauen zu treffen. Du wolltest, dass ich meine Wohnung verkaufe mit Verlust und mir dann Psychopharmaka verschreiben lassen. Mein ganzes Geld steckt da drin, mein ganzes Geld! Du hast mich missbraucht und meine Freunde beleidigt, über die du gesagt hast, man könnte jeden von ihnen mit nur einem Satz zerstören. Schon auf der Rückfahrt vom Restaurant hast du die Verlobung zurückgenommen. Du hast meinen Vater als Sadisten beschimpft und mich alleingelassen, als ich das Gerichtsverfahren hatte, obwohl du wusstest, dass ich monatelang verängstigt aus dem Haus gegangen bin. Vier Mal hast du mich verlassen!«

Ich bin starr vor Entsetzen.

»Hier sind Zeugen!«, ruft sie. »Jeder weiß, dass du schuldig bist!« Dann wird ihre Stimme leiser. Sie flüstert. »Ich habe Angst vor dir.«

Lasse sagt: »Ihr habt nur dann eine Chance, wenn ihr hier einen Strich unter die ganze Angelegenheit macht, wenn jeder von euch zur Ruhe kommt.«

»Ich will das nicht!«

»Es ist notwendig«, entgegnet Lasse. Er gibt mir einen Kugelschreiber und sagt: »Ende März habe ich Kalina in einer ähnlichen Verfassung aus einer Beziehung geholt, aber noch nie erlebt, dass sie so schnell in Verzweiflung stürzt.«

»Der Ring«, sagt Ahmet.

Michael hat begonnen, das Zeug ins Auto zu tragen. Die Freunde machen Platz. Ich stehe verloren da.

»Ich habe dir von Anfang an nicht geglaubt, dass du es mit Kalina ehrlich meinst«, ergreift Tom als Letzter das Wort.

Dann wenden sich alle von mir ab und gehen in Richtung der offen stehenden Tür.

»Danke«, sagt Kalina leise zu Michael, »dass du mitgekommen bist, um zu helfen.«

Verstört sitze ich neben meinem Freund. Wir haben vereinbart, die Kartons im Büro zu lagern. Nichts davon soll nach Bremen zurückgebracht werden.

»Was war das?«, frage ich irgendwann.

»Krank war das«, sagt Michael.

»Die Vorwürfe sind falsch.«

»Es ist egal. Ich erkenne dich nicht wieder, Kristian. Du gibst dich komplett auf, du schadest dir selbst, wenn du über das nachdenkst, was gerade geschehen ist.«

»Ich habe noch nie etwas ähnlich Zerstörerisches erlebt, sie hat uns kaputtgemacht.«

»Vergiss Kalina«, sagt Michael konsterniert. »Es gibt Menschen, die denken nur an sich, die sehen niemanden, denen ist es vollkommen egal, wie schlecht es denen geht, von denen sie geliebt werden.«

»Worüber hast du mit ihren Freunden gesprochen, als wir abseits standen?«

»Ich habe versucht zu erklären, Kristian, dass du noch nie begeisterter und liebevoller über eine Frau gesprochen hast, ich habe ihnen erzählt, dass mir gefallen hat, wie sich dein Gesicht in ein Strahlen verwandelte, sobald Kalina in deiner Nähe war.«

»Wie haben sie darauf reagiert?«

»Sie haben erzählt, dass du nicht beim Geburtstagsessen aufgetaucht bist.«

»Ich wusste nichts davon, Michael.«

»Kristian, du musst dich vor mir nicht rechtfertigen, es war eure Beziehung, sie fand zwischen dir und Kalina statt. Was ich gerade eben erlebt habe, ist auf eine Weise krank, wie man es nur selten sieht. Warum waren überhaupt ihre ganzen Freunde dabei, was sollte das?«

»Doch«, sage ich, »ich muss mich rechtfertigen, weil ich nicht verstehe, wie das passieren konnte. Man verlobt sich nicht, wenn gleichzeitig Misstrauen vorhanden ist.«

»Ja, man verlobt sich dann nicht!«

Das alles, denke ich, passt hinten und vorne nicht. Es ergibt keinen Sinn, es ist nicht wahr, was Kalina erzählt.

Abends schreibe ich noch einmal Michael an: »Was hatte Lasse da gesagt, ganz zum Schluss?« – »Der Dünne, der meinte, dass ihr es beenden müsstet?« – »War es nur das?« – »Ungefähr so, und dass er Kalina zuletzt Ende März in ähnlicher Verfassung aus einer Beziehung gerettet habe. Aber du warst selbst dabei, Kristian!«

Ich versuche, meine Ex-Verlobte zu erreichen, und werde auf die Mailbox umgeleitet. Ich wechsele in den Chat und bin erleichtert, dass sie mich noch nicht blockiert hat. Ich muss es klären, ich muss das verstehen.

»Was war am Ende Deiner vorherigen Beziehung«, schreibe ich, »als Lasse Dich gerettet hat?« Kalina antwortet sofort: »Du lügst. Das hat er nie gesagt.« – »Michael«, insistiere ich, »hat es auch gehört.« – »Da war nichts. Du erfindest.« – »Im März, das hat Lasse

gesagt. Dass du damals im gleichen Zustand warst wie jetzt.« –
»Damals! Ja! Damit war nicht dieser März gemeint. Damit meinte er die Zeit nach meiner Beziehung mit dem Borderliner. Du
bist sehr krank, Kristian. Es ist offensichtlich.« – »Ich wollte
anrufen.« – »Das stimmt nicht. Wir befinden uns in einem post-
faktischen Diskurs, bei dem es keine Gewinner gibt.« Die Kälte
in ihrer Sprache ist spürbar. »Komm schon, leg los!« – »Kalina,
tief in mir glaube ich sehr an Dich. Ich bin da; wenn Du mit mir
sprichst. Ich versuche, nicht zu gehen, weil wir beide unsicher
sind. Du sollst glücklich sein, und wenn das nur mit anderen
klappt, ist mir das lieber, als Dich traurig zu sehen.« – »Kristian,
Dein Geschwafel ist leer, ohne jeden Bezug zur Realität. Wäre
ich an der Stelle Deiner Ex gewesen, hätte ich das Kind auch
abgetrieben. Du wärst ein fürchterlicher Vater.« – »Kalina, warum habe ich Dir einen Heiratsantrag gemacht und den Ring gekauft? Was denkst Du? Aus Boshaftigkeit?« – »Ich fühle mich in
die Irre geführt von Dir«, schreibt sie, »was sollte noch entschuldigen, wie Du mich behandelt hast?« – »Tom hat selbst gesagt,
dass er mir nie geglaubt hat.« – »Worauf du nichts antworten
konntest.« – »Wir haben immer noch die Tickets für Taormina.« –
»Ich weiß. Gib uns Zeit, Kristian.«

Liebe Kalina,
ich hoffe, es geht Dir gut, wo Du jetzt bist. Ich hoffe es, weil
Du mir sehr, sehr wichtig bist und ich nicht möchte, dass
es Dir schlecht geht. Ich stelle mir vor, dass Du gerade ver-
suchst zu verstehen, ebenso wie auch ich versuche zu verstehen. Ich weine viel in der letzten Zeit, um Dich, um uns.
Aber ich weine auch, weil ich immer wieder an jene Jahre in
Deiner Kindheit denke, in denen ich Dich gern beschützt
hätte. Ich merke, dass ich mich schuldig fühle.
Ich schreibe Dir, um zu sagen, was nicht allein mit den drei
Worten »Ich liebe Dich« gesagt werden kann.

Du bist eine zauberhafte Frau, Du bist wunderschön, Du bist atemberaubend attraktiv. In den Momenten, die mir immer im Herzen bleiben werden, hast Du mich vertrauten Blicks angesehen. Du hast mich gefragt, ob ich gerne Atlantis spiele, als ich Dein Badezimmer nach dem Duschen unter Wasser gesetzt habe. Du hast mir geglaubt und mich auf der Gitterbank vor Deiner alten Wohnung festgehalten, als ich Dir sagte, dass wir eine gemeinsame Lösung finden werden für das Apartment. Du hast meinen Kopf gestreichelt, als ich auf dem Lollapalooza-Festival glücklich in den Sternenhimmel blickte, während Paul Kalkbrenner nur für uns aufzulegen schien. Du warst leise zu mir, als wir uns im Gaze-Zelt versteckten. Du hast Ja gesagt, als ich Dich auf Knien bat, meine Frau zu werden.
Ich schicke Dir den Ring zurück. Er gehört zu Dir als Erinnerung an einen Mann, der verzweifelt stark geliebt hat – der nur zu schwach war, um zu bleiben, bei Dir zu bleiben. Ich habe erst vor ein paar Wochen diesen Ring gekauft, es dauerte lange, bis ich den richtigen gefunden hatte. Ich habe den Ring wie einen Schatz bei mir getragen. Kein Mann kauft einen Ring, wenn er es nicht ernst meint mit der Frau, vor der er wenig später knien will.
Wo bist Du jetzt? Ich schreibe Dir diese E-Mail, obwohl ich lieber einen Brief schreiben und an Dich schicken würde. Aber ich habe keine Anschrift. Ich weiß nicht, an wen ich diesen Liebesbrief adressieren soll, ich kann nicht einfach schreiben: »Für meine Kalina.« Er käme nicht an, dieser Brief. Ich respektiere Dich. Ich liebe, wie Du lächelst, und ich höre gerne Deine Musik; wie oft habe ich Dich gefragt, welche Band das war, die Du aufgelegt hattest? Nein, ich wollte nie die Verlobung lösen, und als ich im Taxi vom Restaurant zurück betrunken und mit einem Lachen sagte, dass Du den Ring zurückgeben musst, wenn wir nicht heiraten,

wollte ich damit nur sagen: Das hier ist wahrhaftig. Wir haben beide ein kleines Herz.

Kalina, ich kenne das Gefühl, nicht vertrauen zu können. Du hast mir selten vertraut, vermutlich nicht obwohl, sondern weil Du mich liebst.

Warum kann ich nicht vertrauen? Ich bin auf der Welt, weil meine Mutter ihr erstes Kind verloren hat. Ich bin auf der Welt, obwohl ich bei der Geburt beinahe gestorben bin. Während eines Streits vor einundzwanzig Jahren hatte meine Mutter gesagt, dass sie sich wünsche, nicht ihr erstes Kind wäre umgekommen, sondern ich. Ich bin etwas ganz Kleines.

Bei uns waren beide, Vater wie Mutter, gewalttätig, abwertend, brutal – viel länger als bei Euch, und gerade ich: ich war nie genug. Ich war kein glückliches Kind und immer darum bemüht, nach außen nie zu zeigen, was daheim geschah; weil ich mich unentwegt geschämt habe.

Du hast mir nicht vertraut. Vermutlich würde ich mir selbst nicht vertrauen. Deine Freunde haben mir nicht vertraut. Deine Eltern haben mir nicht vertraut. Deine Mutter hat gefragt, warum ausgerechnet ich es sein sollte, der Dich glücklich macht. Sie beschützt Dich nachträglich, weil es ihr in den ersten dreizehn Jahren Deines Lebens nicht gelungen ist. Deine Schwester hat mich beschimpft, Lasse, den Du »Bruder« nennst, geschwiegen und nie wirklich mit mir geredet. Ich wollte aber Teil Deiner Freunde, ich wollte Teil Deiner Familie sein.

Ich habe mich für dieses Gefühl, nicht angenommen zu sein von Dir, Deiner Familie, Deinen Freunden ebenso geschämt wie für die Verhältnisse während meiner Kindheit. Reagiert habe ich, wie ich damals schon reagiert habe: Indem ich Dich, indem ich Deine Familie, indem ich Deine Freunde abgewertet habe. Das Nicht-angenommen-

Werden tat zu weh. Ich sah mich permanenten Korrektur-forderungen ausgesetzt. Dass an mir etwas korrigiert wer-den müsse, damit ich mit Dir zusammen sein kann, habe ich als Nicht-Akzeptanz tief in mir verspürt. Es gab viele Dinge, die ich ändern sollte oder von denen ich das Gefühl hatte, ich müsste sie ändern, um akzeptiert zu werden.

Du hattest Angst, dass ich Dich verlasse. Ich hatte Angst, dass Du mich nicht annimmst, wie ich bin. Ich bin gegan-gen. Du hast mir Vorwürfe gemacht. Dass diese Vorwürfe aus Deiner Angst entstanden sind, habe ich nicht immer gesehen, weil ich selbst in meiner Angst feststeckte.

In Deinen Armen habe ich zum ersten Mal seit vielen, vie-len Jahren geweint. Ich habe geweint, weil Du mich er-schütterst, Kalina.

Du hast meine Briefe, meine WhatsApp-Nachrichten, un-sere Gespräche sehr genau darauf abgesucht, ob sie Hin-weise enthalten, dass ich es nicht ernst meine. Ich meine es aber ernst mit Dir. Du bist die wichtigste Frau in meinem Leben, und ich möchte, dass Du es gut hast.

Wenn Du es nur gut haben kannst mit einem anderen Mann, dann werde ich das akzeptieren. Aber ich will Dich nicht verlieren, ich will uns nicht verlieren. Ich wäre gern mit Dir in Italien.

Ich frage Dich deshalb frei heraus: Kannst Du Dir vorstel-len, Dein Ticket einzupacken und mitzufliegen, damit wir uns endlich in Ruhe kennenlernen?

Ich habe nur zwei Wünsche: dass Du mir glaubst und dass Du den gemeinsamen Weg mit mir zuerst in den Urlaub fin-dest – und dann weiter in unser ganzes offenes Leben hinein. Nie wieder weg.

Ich liebe Dich,

Dein Kristian

Mit der Lufthansa, bezahlt von der Agentur, fliege ich eine Woche vor der Sizilien-Reise ohne Kalina nach Frankfurt zur Buchmesse, wo ich in einem kleinen Zimmer der Hotelkette Motel One untergebracht bin. Mein Glück an den folgenden Tagen besteht darin, dass zum Messeschluss ab achtzehn Uhr Alkohol ausgeschenkt wird und mich die Treffen mit meinen Kollegen ablenken.

Ich denke an den Brief. Der Brief ist ein Versuch, das Gemeinsame ein letztes Mal zu beschwören. Kalina hatte nicht abgesagt, sondern geschrieben, sie sei auf der Fortbildung, kenne meine Nachricht seit ihrer Abreise und würde über Taormina nachdenken. Ich habe wieder Hoffnung.

Das Frankfurter Fleming's am Eschenheimer Tor wurde 1952 im Stil der Frühen Moderne erbaut nach Plänen des Architekten Stefan Blattner, in direkter Nähe des sogenannten Nitribitt-Hauses, benannt nach jener Prostituierten, die Hetäre zahlreicher Wirtschaftsbosse der aufstrebenden BRD gewesen ist und 1957 ermordet in ihrem Apartment aufgefunden wurde. Der Besitzer des Fleming's, ein Bewunderer des James-Bond-Erfinders Ian Fleming, hat sein Fünf-Sterne-Hotel einrichten lassen auf eine Weise, die den Besucher schon beim Eintritt durch die schweren Glastüren an alte Albert-R.-Broccoli-Produktionen wie *Thunderball* oder *From Russia With Love* denken lässt. Zugleich verweisen die Porzellan-Pendelleuchten im Vestibül, der beigescheckige Marmorboden und die geschwungenen Fluchten auf jenen Konzern-Chic der 1950er-Jahre, den die ursprünglichen Bauherren vom Leverkusener Bayer-Konzern hatten ausstellen wollen, zehn Kilometer von der Zentrale des Chemiekonkurrenten Hoechst entfernt.

Mit dem Paternoster fahre ich am Samstagabend in den siebten Stock, wenige Stunden vor dem geplanten Abflug nach Sizilien. Ich habe die Koffer gepackt und auf der unbenutzten Seite meines Hotelbetts lediglich eine Garnitur Wäsche, eine frische Jeans und eines meiner Fred-Perry-Poloshirts abgelegt.

Stephanie Zilles wartet auf der Club-Terrasse, von der aus die Aussicht einen weit in die erleuchteten Bürotürme des Frankfurter Bankendistrikts schauen lässt. Die Dreiundfünfzigjährige, seit vielen Jahren mit mir verbunden, Lektorin eines angesehenen Belletristik-Verlags aus München, hat ein halb volles Weißweinglas vor sich stehen. Ihr Blazer liegt gefaltet über dem Barhocker zu ihrer linken Seite, und sie erhebt sich, um mir zwei Schritte entgegenzukommen.

»Du siehst erschöpft aus«, sagt sie.

Ich bestelle noch im Stehen einen Dry Martini, nehme eine der Zigaretten, die Stephanie aus ihrem silbernen Etui anbietet. Bis der Cocktail an den Tisch gebracht wird, sprechen weder sie noch ich ein Wort.

»Morgen geht es nach Italien«, sage ich irgendwann.

Sie legt ihre linke Hand auf meine. »Erzähl ...«

Und dann versuche ich, von den vergangenen Wochen zu berichten. »Ich verstehe es nicht«, wiederhole ich in einem fort, zeige Stephanie Screenshots des Nachrichtenwechsels und ein Bild des Rings.

»Schau mich an«, sagt Stephanie nach einer halben Stunde, »und versteh endlich, dass du das Recht hast, glücklich zu sein.«

Auf dem Weg vom Fleming's zurück schwanke ich leicht, getrunken habe ich vier Cocktails und zwei Bier.

Kalina hat eine Nachricht an meine private E-Mail-Adresse geschickt. »When there's nothing left to burn, you have to set yourself on fire – das ist Deine Lebensmaxime! Alles hast Du niedergebrannt. Ich kann Dir nicht verzeihen. Auch Dein letzter ›Liebesbrief‹ ist voller Lügen. Was Du über Deine Kindheit erzählst, finde ich manipulativ und höchstwahrscheinlich erfunden. Es hat keinen Sinn, an dieser Stelle erneut die Details zu erörtern. Nur so viel: Olivia werfe ich Verantwortungslosigkeit und einen Grenzübertritt vor, den Ihr gemeinsam begangen habt. Mit Deinen anderen Ex-Freundinnen habe ich Mitleid. Alle wurden von Dir auf unterschiedliche Art und Weise betrogen. Den Platz, den Du mir in Deinem Leben zugestehst, lehne ich ab. Für Deine Zukunft wünsche ich Dir alles Gute. Kalina«

Nacht

Nachdem ich daheim aufgeschlossen habe, stelle ich die Urlaubskoffer in den Flur, ziehe meine Jacke aus und gehe ratlos durch meine Wohnung. Nie mehr werde ich die neue Wohnung von Kalina betreten. Ich werde in meinen Zimmern aufwachen. Ich möchte nicht in Zimmern aufwachen, die aussehen wie meine, sie sind nicht annähernd so schön wie die von Kalina.

Ich stehe vor der alten Ikea-Küchenzeile, vor der leicht schräg nach unten abgesackten Holzarbeitsplatte.

Ich schaue in den Backofen, der verschlossen ist mit einer Kordel, weil die Scharniere irgendwann kaputt gegangen sind.

Ich blicke auf den abgenutzten Dielenboden, der nichts hat von der reinen Schönheit eines Pitch-Pine-Parketts.

Mir wird flau.

Ich lege mich auf das Sofa mit dem blauen Stoffbezug, betrachte von dort die viel zu vielen, in völliger Unordnung gestapelten, kreuz und quer abgelegten, nur halbherzig sortierten Bücher, Romane, Bildbände, Zeitschriften, Verlagsfahnen, Notizzettel, Leitz-Ordner und die ungelesenen Tageszeitungen, die seit Ende Juni auf dem Tisch liegen.

Ich ziehe die Baumwollvorhänge zu, gehe ins Schlafzimmer, blicke auf das leere, einst billig erstandene Bett.

Ich bin auf mich selbst zurückgeworfen. Meine Wohnung wirkt dreckig. Das letzte Mal geputzt habe ich Anfang August, an jenem Sonntagmittag, als ich nach Hamburg gefahren bin und dann an der Außenalster gesessen habe.

Es hatte damals nach heißem Asphalt gerochen, nach Grillkohle, Bier und Sonnencreme. Ich hatte zwei Jever getrunken und war dann auf Mineralwasser umgestiegen. Ich hatte einen leichten Sonnenbrand auf der Stirn verspürt, weil ich zuvor schutzlos am Wasser gelegen und den Hamburger Ausflugsschiffen hinterhergesehen hatte, den Schiffen auf ihrem Rückweg von der Binnenalster Richtung Winterhude. Ich saß im Düsteren. Nur eine kleine Kerze hatte meinem Tisch Licht gespendet. Als hinter mir laut gelacht wurde, hatte ich kurz von meinem Smartphone aufgeblickt und mich umgedreht. Während dieser Sekunden hatte mich Once mit Kalina verknüpft, die damals noch fünfunddreißig Jahre alt war.

Jetzt ist es kalt. Ich werde die Wohnung verändern müssen. Ich werde die Heizung anstellen. Werde es vermutlich doch nicht tun. Ich bin nicht nach Taormina geflohen, weil ich Angst hatte, allein an den hohen Klippen zu stehen.

Man bringt sich nicht um, weil man sterben möchte. Man bringt sich um, wenn man nicht mehr leben kann.

In mir kreisen Fragen. Ich versuche zu ordnen, was mir permanent entwischt. Es ist nicht zu verstehen, warum Kalina geglaubt hat, ich würde sie nicht lieben. Glaubte sie das tatsächlich? Ist es eine Art Trick? Ihre letzte Nachricht war distanziert. Eiskalt. Ich bekomme keine Luft.

Ich liege auf dem Bauch, dann wieder auf dem Rücken. Meine Augen sind panisch weit aufgerissen. Meine Ohren zerplatzen schier vor Druck. Ich falle, ich höre nicht auf zu fallen. Ich sage mir: Es sind Gedanken, es sind Gefühle, sie finden nur in deinem Kopf statt. Du musst sie beherrschen!

Ich falle aus dem freien Handeln.

Ich schrecke aus Träumen auf.

Die Nächte und anschließenden Tage dieser wenigen Spätsommerwochen des Jahres gleichen einander ohne Licht jeglicher Hoffnung.

Manchmal gelingt es mir, einfach nur dazusitzen und über Kopfhörer Electro-Remixe von Super Flu zu hören. Ich versuche, die Welt nicht zu unterteilen in Gut und Böse. Ich versuche zu verstehen, warum ich die Beziehung zu einer Frau aufgelöst habe, obwohl ich sie liebe.

Nach Wochen der Manie folgt Scham. Ich schäme mich.

Die Küche ist abgebaut. Eine neue noch nicht installiert. Ich kann mir Dosenmahlzeiten in der Mikrowelle zubereiten und Kapselkaffee mit der neuen Senseo. Ich frühstücke Marmeladen-Cornetto, die in bedrucktes Cellophan eingepackt sind. Den Koffer von der Buchmesse habe ich nicht ausgepackt.

Ruhiger werde ich, wenn ich, mit geschlossenen Augen, auf dem Boden liege und auf YouTube ein Hypnose-Video angeschaltet habe. Ich benutze eine Liebeskummer-App aus den USA, die Mend heißt.

In einem Traum befinde ich mich in der alten Wohnung meiner Verlobten. Allein streiche ich durch dunkle Katakomben, stehe dann vor einem Korb schmutziger Wäsche. Als ich einen von Kalinas Slips in der Hand halte, steht sie plötzlich hinter mir und sagt entsetzt. »Du also auch, das war klar!«

Es gibt kein Licht, das in meinen Winkel fällt. Oft breche ich in Weinkrämpfe aus, die nicht aufhören wollen, die sich anfühlen wie Würgereize. An meinen Wahrnehmungsrändern schleichen Schatten umher. Etwas sehr Altes und Dunkles greift mich an.

In einem anderen Traum kauere ich auf dem Boden der Mietwohnung, in der ich die ersten Jahre meines Lebens verbringen musste. Ich lese dunkle Melasse vom Fußboden auf, stecke mir braun triefende Finger in den Mund. Ich bemerke zu spät, dass es Kot sein muss. Da sind kleine Würmer, die augenblicksschnell zu dünnen Schlangen werden, sich herauslösen aus der braunen Masse und sich aufteilen, immer dicker werden, immer länger, in meine Richtung kriechen.

Dann schrecke ich auf, hellwach.

Ich spüre die Anwesenheit einer zerstörerischen Kraft. Etwas in mir steht schräg zur Welt. Ich habe Angst. Ich habe Schuldgefühle. Ich habe Sehnsüchte. Ich schreibe alles auf. Dieses Schreiben ist manisch.

Ich bin nicht gut genug für eine Frau wie Kalina.

Wie kann es sein, dass sie allen Menschen freundlich zugewandt war und nur mich bekämpfte, als wäre ich die allergrößte Gefahr?

Ich habe Sehnsucht nach Verführung. Ich habe Sehnsucht nach mir selbst. Ich vermisse mich. Ich möchte schreien. Ich möchte schlafen. Ich möchte, dass mir erlaubt wird, zur Ruhe zu kommen.

Drei Wochen sind vergangen, und ich schaue auf das schwach beleuchtete Brandenburger Tor, als mein Taxi vom Flughafen Tegel kommend in die Allee Unter den Linden einbiegt. Ich sehe hinter dem Nebel das Adlon, in dem ich vor wenigen Wochen, da war es noch warm, mit Kalina gewohnt habe.

Wo ist sie jetzt?

Woran denkt sie?

Wer ist bei ihr?

Über anderthalb Kilometer fahren wir Richtung Alexanderplatz, an der Museumsinsel und am Berliner Dom vorbei. Walter Dierks hat eine Nacht im Radisson Blu gebucht, wo ich eine Viertelstunde später vom sechsten Stock auf jenes zylindrische Aquarium blicke, das sich über eine Höhe von fünfundzwanzig Metern vom Boden der Empfangshalle zur Kuppel hin erstreckt.

Unheimlich erscheint mir das blau beleuchtete Wasser mit den Haien und karibischen Fischen, den Aalen, Korallen und Seepferdchen. Die bodentiefen Fenster meines innenliegenden Zimmers lassen sich komplett öffnen. Es ist halb drei, mitten in der Nacht.

Seit wenigen Tagen nutze ich einen Herzfrequenzmesser aus dem App-Store. Der Wechsel des Blutflusses wird mit der lichtempfindlichen Frontlinse des iPhones gemessen. Stündlich kontrolliere ich meinen Puls, der konstant hoch bleibt bei einhundertzehn bis einhundertzwanzig Schlägen in der Minute. Ich fühle mich unendlich müde und springe doch nach anderthalb Stunden Schlaf vom Bett auf.

Gegen fünf Uhr verlasse ich das Hotel durch den Hauptausgang. Am Bahnhof Alexanderplatz kaufe ich einen Kaffee und ein Päckchen Zigaretten. Rauchend folge ich anschließend dem Lauf des Kanals, bis es dämmert und ich umkehre in Richtung Museumsinsel, wo Kalina und ich die Hieronymus-Bosch-Ausstellung besucht haben. Mein Leben ist gestürzt, wie ein Kind fällt, das zu hastig den Abhang hinunterrennt.

Ich habe die beiden Urlaubswochen allein in meiner Wohnung verbracht. Ich habe die Küche verkauft, meine Regale, das Bett, einen großen Teil meiner Garderobe. Meine Bücher stehen auf dem Speicher, verpackt in hundertachtundzwanzig Umzugskartons, die ich in Zwanzigerpaketen vom Baumarkt nach Hause getragen habe.

Zwischen meinen Aufzeichnungen, den Tagebüchern, möglicherweise im Zettelkasten, im E-Mail-Account, in irgendeiner Ecke muss der Grund verborgen liegen für das, was geschehen ist. Ich habe verloren, was ich am meisten begehrte.

Die Agenturtermine absolviere ich wie in Trance.

Ich kann nicht mehr essen.

Ich habe sechzehn Kilo abgenommen.

Blitzartig tauchen die immer gleichen Bilder auf von Kalina als Kind, wie sie vom Vater geschlagen wird.

»Du bist ohne Verständnis, weil Du eine Krankheit hast.« Das sind ihre Worte.

Ich beginne, im Internet zu recherchieren, über Narzissmus und Manipulation, über Re-Inszenierungen und Traumata, über das innere Kind und emotional-psychischen Missbrauch – ich möchte erfahren, ob meine Ex-Verlobte recht haben kann mir ihren Vorwürfen.

Bei einem Borderline-Test komme ich auf dreiundfünfzig von sechzig Punkten, die ermittelt werden nach Kriterien des DSM-5, des »Diagnostischen und Statistischen Manuals Psychischer Störungen«. Ich lese und glaube, zu verstehen.

Fühlen Sie sich isoliert? Sind Sie wiederholten Vorwürfen ausgesetzt und nie gut genug?

Stephanie Zilles berichte ich von Tabellen, die wissenschaftliche Erkenntnisse über Tötungsarten zusammenfassen. Sie rät mir, eine Klinik aufsuchen.
»Du bist in Trauer«, sagt sie, »und du stehst unter Schock!«
»Wann hört das auf?«, frage ich.
»Es braucht Zeit und Geduld, Kristian. Warum schützt du dich nicht? Es gibt Einrichtungen, die dir helfen können.«

Zwei Stunden bin ich an diesem Novembertag durch den Berliner Nebel gegangen. Nun sehe ich den Turm der Nikolaikirche und spüre, wie alle Tränen erneut unkontrollierbar in mir aufsteigen. Ich stehe im Hof. Ich denke an die beiden Fotos aus dem Sommer, an jenes Bild, das Kalina auf den Stufen eines der Seitenportale zeigt, mit ihrer Sonnenbrille. Ich trete näher. Ich hocke im taufeuchten Gras. Mit einer Hand stütze ich mich ab, die andere richtet die Linse aufs Seitenportal. Ich mache ein Foto – wie damals. Dann stehe ich auf, gehe über den Kies die wenigen Meter bis zu den Stufen, setze mich, wie Kalina mir gegenübergesessen hat, und drücke ein zweites Mal ab, bevor ich die Musik über das Kabel meiner Kopfhörer anschalte und durch den stärker werdenden Regen zurückgehe in Richtung des Hotels. Ich taumele. Ich spüre, wie mein Körper kraftloser wird. Ich bekomme keine Luft.
Erschöpft setze ich mich auf eine Holzbank. Ich greife nach dem Smartphone, suche nach den Originalen vom Sommer. Kurz blicke ich hin, scrolle dann nach vorn, sehe zuerst den vorhin nicht exakt getroffenen Ausschnitt des Rasens, dann meinen Blick in das verlassene Portal hinein. Ich bin weder auf dem einen noch auf dem anderen Bild zu sehen, denke ich erschrocken und übergebe mich. Tränen sammeln sich in den Rändern meiner

beschlagenen Brillengläser. Ich ziehe die Kopfhörer ab und stehe auf. Ich fühle mich einsam, so einsam wie nie zuvor im Leben.

Sind Sie fahrig, desorientiert und unkonzentriert? Lässt Ihre Erinnerungsfähigkeit nach?

Ich fliehe aus Berlin, steige in einen Zug. Ich höre Stimmen, die nicht weggehen. Weder das Schließen der Augen noch das Verschließen der Ohren und auch kein Schlafen helfen. Selbst im Schlaf redet es, tost es unaufhörlich weiter, flüstern Stimmen, schreien Stimmen, die mal von links, dann wieder von rechts auf mich eindringen, von oben, von unten, von außen und immer und immer wieder von drinnen. Wenn ich an einer Ampel stehen bleibe, halte ich mich am Mast fest, um nicht aus Versehen vor einen Lkw zu fallen. Ich spüre, wie etwas Fremdes die Kontrolle übernimmt.

Aus dem Nachbarhaus hört man keine Schreie mehr, aber ich selbst stürze, falle und schreie, weiter und weiter. Wache ich nach anderthalb oder zwei Stunden aus einem Dämmerschlaf auf, dann taste ich zur Seite, die leer ist und kalt.

Es gibt ein schwarzes Notizbuch, in das ich alle Vorwürfe von Kalina schreibe und abwäge. Ich beschäftige mich allein damit. Ich fühle mich gedemütigt in einer Weise, die mich an den Rand der Nicht-Existenz treibt. Es ist, als gäbe es zu jeder Aussage meiner Verlobten ein Gegenargument und gegen das Argument wieder eine Wahrheit, die sich an den Vorwurf anschließt. Welche Anteile besitze ich an dem, was geschehen ist?

Ich lebe nicht in einer Welt, in der meine Freunde, die Familienväter sind, zu einer Prostituierten gehen. Ich kenne keinen Mann, der Frauen einen Mercedes anbietet, um mit ihnen Sex zu haben, und mein Satz, Kalina würde beim nächsten Mal einen Mini Cooper bekommen, war der hilflose Versuch, ihr zu sagen: Ich bin nicht wegen deines Aussehens bei dir.

Jede Zurückweisung durch Kalina war eine Erinnerung an alle Zurückweisungen, die ich je erfahren hatte.

In mir webt eine Angst ihre Fesseln, aus denen ich mich nicht befreien kann. Die Angst hat sich in meinen Körper geworfen und als raue Decke über mir ausgebreitet. Ich bekomme keine Luft unter dieser Angst.

Ich ringe nach Atem unter dieser Angst.

Ich kauere mich in eine Ecke und will nicht mehr sein.

Auf meinem Ebay-Kleinanzeigen-Account wird schemenhaft hinter dem »Nicht mehr verfügbar«-Balken angezeigt, was ich einmal besessen habe. Nichts davon besaß vor meiner Verlobten Wert. Ich fühle mich bestraft. Ich bestrafe mich selbst. Ich verstehe nicht, warum es mir stetig schlechter geht.

Ich habe ein letztes Mal versucht, Kalina zu erklären, dass Liebe etwas Konstruktives ist, dass meine Liebe zu ihr konstruktiv sein wollte.

»Ich war überfordert. Ich war unter Druck. Es belastet mich, so viel Geld auszugeben, mich belastet Besitz. Mich belastet unsere Kommunikation über WhatsApp. Wahrscheinlich habe ich Dich überrannt. Das tut mir unendlich leid, weil ich weiß, dass Du eine gute Frau bist, dass Du eine gute Mutter sein wirst, dass sich jeder glücklich schätzen darf, der Dich an seiner Seite spürt. Ich verändere viel an mir, in mir, um mich herum.« – »Was veränderst Du, Kristian?« – »Ich arbeite weniger. Ich gehe rechtzeitig heim. Ich möchte reden. Ich spüre, dass Du mich nicht unter Druck setzen willst, darauf vertraue ich. Ich spare mein Geld und habe vieles verkauft. Mein Wohnzimmer, der Keller, der kleine Raum auf halber Treppe sind quasi leer.« – »Das reicht nicht. Dein Missbrauch mir gegenüber lässt sich nicht aus der Welt tragen, indem Du Deinen gesammelten Schrott über Ebay veräußerst.« – »Wir kommen so nicht weiter, Kalina. Ich würde Dir gern zuhören und Deine Sicht verstehen. Aber dafür müssen wir uns sehen dürfen. Ich fühle mich gefangen, als hätte sich mein Leben in eine Möbiusschleife verwandelt.«

Ich bekomme nicht zusammengefühlt, was meine Ex-Verlobte schreibt, während ihr WhatsApp-Bild sie wie zu Beginn zeigt: mit angewinkelten Beinen auf ihrem Balkonboden, friedlich in die Sonne schauend.

»Kristian«, schreibt sie, »ich habe Mitleid mit Dir. Du musst sehr, sehr krank sein.«

Es ist kalt geworden. Ich stehe vor einem Kiosk in der Schanze und trage meinen Wollmantel zugeknöpft. Einer meiner Freunde wird später im Turmzimmer des dreihundert Meter weit entfernten Uebel-&-Gefährlich-Clubs auflegen. Ich wurde eingeladen, nachdem er gehört hatte, wie schlecht es mir geht.

»Du musst mal rauskommen, Kristian«, hatte er gesagt.

Wir sind zu zehnt. Jemand hat Pommes gekauft, die herumgereicht werden.

Ich nehme nichts.

Ich will nicht essen.

Ich will verschwinden.

»Vor einem Monat konnte man auf der Wiese sitzen«, sagt eine junge Frau, deutet hinter sich, und erst nach Sekunden verstehe ich, dass sie mich angesprochen hat. »Die Balkone da oben waren voll, alle saßen draußen und feierten.«

Ich sage leise: »Das klingt sehr schön.«

»Kommst du gleich mit?«

»Ja.«

»Dann tanzen wir?«

Ich versuche zu lächeln, weil ich nicht weiß, ob ich wieder tanzen kann.

Die junge Frau, sie hat sich vorgestellt als Tine, sagt: »Ich verschwinde kurz.«

Sie lässt mich allein zurück.

Ich setze mich auf einen Bordstein und trinke Bier, das mir in die Hand gedrückt worden ist.

Mein Freund kommt und legt mir den Arm um die Schultern.

»Große Scheiße?«

Ich nicke. »Es ist, als hätten zwei parallele Beziehungen stattgefunden.«

Wir trinken. Ich fange an zu erzählen. Er lacht, als ich erzähle, wie Kalina und ich vor einem Berliner Club abgewiesen worden sind. »Wäret ihr nur mal ins Musik & Frieden zur Lollapalooza-Aftershow gekommen«, sagt er, »da hättet ihr auf der Gästeliste gestanden. Ich habe aufgelegt. DJ Mad von den Beginnern war da, Alle Farben, Martin Solveig.«

»Ich wusste das nicht«, sage ich entschuldigend, »wir hatten zu der Zeit keinen Kontakt.«

Mein Freund entgegnet, während er aufsteht, und es liegt in seinem Ton nichts Vorwurfsvolles: »Du hattest in der Zeit zu quasi niemandem Kontakt.«

Entschuldigen Sie sich für Dinge, die sie aus natürlichen Gründen getan haben?

Eine Dreiviertelstunde später betreten wir gemeinsam das schwarz gestrichene Turmzimmer. Es ist leer. Ein Techniker kontrolliert die Musikanlage. Zwei Barkeeperinnen sortieren Spirituosen. Am Eingang wurde jedem von uns ein blaues Stempelbild auf den Puls gedrückt. Da keine Gäste da sind, ist rauchen erlaubt.

Mein Freund verstaut seine DJ-Tasche unterm Pult. Er stellt kleine Plastikbecher und zwei Flaschen auf die Tischplatte: Berliner Luft, Mexikaner. Jemand schenkt ein.

Das Clublicht wird gedimmt. Mein Freund schaltet einen älteren Indie-Track an, in mittlerer Lautstärke. Wir stoßen gemeinsam auf die vor uns liegende Nacht an.

Immer wieder streichelt jemand im Vorbeigehen über meinen Oberarm, als müsste ich getröstet werden. Tine steht neben mir und zwinkert, als sie den Becher leert. Sie hält ihre Hand in meine Richtung. Ich greife zu und spüre zum ersten Mal seit Kalina die Haut einer anderen.

Als wir später inmitten der Menge tanzen, sie näher kommt, mich schließlich küsst, bemerke ich, dass Tine anders riecht als meine Verlobte. Sie zieht mich in Richtung des hinteren Podestes, auf dem alte Ledersofas stehen. Sie nimmt mich mit dorthin, wo es vollkommen düster ist. Als Tine ihre Jacke auszieht, über meinen Schoß legt und kurz darauf in meine Hose greift, lasse ich es zitternd geschehen.

»Hey, geh noch nicht.«

Ich musste gehen. Hoch zur Dachterrasse.

Ich konnte ihr nicht einmal erklären, warum.

Im Hintergrund stehen Palmen in großen Kübeln. Es zieht. Seit zwei Stunden sitze ich draußen vor der Glasscheibe, die verhindern soll, dass sich Betrunkene vom Dach stürzen. Weinend höre ich das neue Album von The Weeknd.

Ich rauche.

Ich schaue vom Bunker aus in die Ferne, wo die rot blinkenden Lichter von Windrädern zu sehen sind. Über der Kante der Glasscheibe sind mehrere Drähte gespannt.

Man müsste nur einen der Tische an den Rand schieben und könnte über die Sicherung klettern.

Ich sitze allein da.

Vor wenigen Wochen habe ich Kalina versichert, dass ich nie wieder in ein anderes Gesicht schauen möchte. Ich weine, weil ich mein Versprechen gebrochen habe.

Ich denke an jene Rosen, die mein Großvater ins Grab geworfen hat mit den Worten: »Danke für die schöne Zeit mit dir.«

Ich spüre, dass ich niemals jemanden haben werde, für den ich diese tiefen Gefühle aussprechen könnte am Ende eines Lebens, das ich nicht mehr fähig bin zu führen.

Also war Kalina im Recht, als sie schrieb: »Du hast etwas Wunderschönes zerstört. Du wirst es erkennen, wenn der Schmerz kommt; und der Schmerz wird kommen.«

Der Schmerz ist da.

Ich will nicht mehr sein. Ich spüre zum ersten Mal, dass Selbstmord eine Lösung ist.

Ich kann nicht sprechen, über das, was am Ende dieses Abends im Motel One geschehen ist.

»Warum rufst du so spät an«, fragt Olivia, als sie in einer Dezembernacht um halb eins meinen Anruf entgegennimmt, »wir schlafen schon.«

Ich sitze in einer Winterjacke auf dem Balkon.

Neben mir steht ein halb volles Whiskyglas.

Ich schaue in den Nebel.

Ich schweige einen Moment lang.

Mein Herz rast, die Hände sind eiskalt. Ich friere nicht, springe aber auf, gehe nun die wenigen Schritte, die mein Balkon misst, hin und her.

»Ich kann nicht mehr«, sage ich, »Kalina antwortet auf keinen Brief.«

»Du willst es nicht verstehen«, sagt Olivia, und ich höre, wie sie die Küchentür hinter sich schließt, »wie kannst du einem Menschen so viel Macht über dein Leben geben?«

»Ich hätte nicht aufgeben dürfen.«

Olivia atmet tief ein. »Du entschuldigst sie permanent und glaubst, unter perfekten Umständen hätte es funktioniert. Was im Sommer geschehen ist, das hat Kalina dir angetan, aber was du jetzt machst, das tust du dir an.«

»Liebe ist mächtig«, flüstere ich und setze mich wieder auf den kalten Balkonboden, »es ging ihr zu schnell.«

»Und das lag an dir?«

»Kalina spricht nicht mehr mit mir.«

»Sie will offensichtlich nicht mit dir sprechen, oder sie kann nicht mit dir sprechen. Oft wissen wir nicht, ob wir nicht können oder nicht wollen.«

»Ich habe ihr den Ring zurückgeschickt.«

»Damit hast du ihr eine Trophäe vermacht«, Olivia lacht, »sie hat dich während der Beziehung fertiggemacht, unmittelbar danach, und nun tut sie es mit ihrem Schweigen, obwohl sie weiß, dass es dir sehr schlecht geht.«

»Sie tut mir leid. Kalina mag von außen gesehen total kalt auf euch gewirkt haben, aber es gab etwas in ihren Augen, was mich angezogen hat, weißt du, ein Schmerz, der mir irgendwie bekannt vorkam. Das war ich, mich selbst habe ich in ihr erkannt. Es ist, als wäre mit ihrem Verschwinden auch mein Leben durchgestrichen.«

»Weshalb sollte sie dir leidtun, Kristian? Weil sie wollte, dass du deine Wohnung kündigst, um dann zu sagen, dass du nicht mit den Büchern bei ihr einziehen kannst? Weil du sie an ihrem Geburtstag in ein Sternerestaurant eingeladen und ihr einen Diamantenring geschenkt hast, um am nächsten Tag komplett ignoriert zu werden? Weil du bei dem Abendessen alle Beleidigungen stumm ertragen hast?«

»Ich wusste nichts von dem Geburtstagsessen ...«

»Natürlich wusstest du nichts; weil du nicht eingeladen warst. Sie wollte nach der Verlobung wieder raus und hat gewusst, wie sie dich vor allen unmöglich macht.«

Ich halte mein Glas in der Hand und nehme einen großen Schluck. Der hochprozentige Alkohol hilft ein wenig gegen die Trockenheit im Mund. Ich spüre meinen Körper nicht mehr.

Zweieinhalb Stunden später wache ich in der Küche auf. Ich bin mühsam vom Balkon ins Warme gelangt und schaue nun, es ist noch dunkel, zur anderen Seite der Scheibe, wo die Whiskyflasche neben den vom Regen durchweichten Zigarettenstummeln liegt. Ich stehe auf. Ich bin betrunken. Ich muss an William Faulkners Satz denken, dass die Vergangenheit nicht tot, dass sie nicht einmal vergangen ist. Ich wanke ins Badezimmer und stelle die Dusche an. Ich lasse das heiße Wasser auf meinen Rücken prasseln. Dann sackt mein Körper in sich zusammen.

Fühlen Sie sich in ständiger Alarmbereitschaft? Sind Sie extrem schreckhaft? Verspüren Sie Gefühle tiefer Verzweiflung, die sich nicht kontrollieren lassen?

Ich steige um kurz nach halb fünf in einen Regionalzug und lehne meinen Kopf ans Fenster. Ich registriere im Blinzeln meiner immer wieder zufallenden Augen Fetzen der Landschaft, registriere auch, wie wir mal an einem Bahnsteig anhalten, wie hier und da ein irgendwo anfahrendes Auto mit angeschaltetem Fernlicht für den Bruchteil einer Sekunde ins abgedunkelte Abteil leuchtet, wie Intercity- und Güterwaggons mit blitzendem Pantografen vorbeirauschen. Wir halten an einem kleineren Bahnhof, fahren wieder an. Ich schrecke hoch, schaue nach draußen, und mir wird klar, dass ich halluziniert haben muss. Wir stehen immer noch. Es ist einerlei geworden, ob ich wach bin oder träume. Ich sehe Kalina, ganz nah vor mir, ich spüre ihre Lippen auf meinen, ein Brechreiz durchfährt mich. Tränen strömen ungehemmt aus meinen Augen.

Ziellos streiche ich morgens durch die Hamburger Wandelhalle. Meinen Rollkoffer hinter mir bleibe ich kurz stehen vor einer digitalen Werbefläche, auf der Yogaübungen vorgeführt werden von einer Frau, die sich in meine Verlobte verwandelt.

Überall sehe ich sie. Mich selbst erkenne ich in keiner einzigen Spiegelung.

Müde ziehe ich weiter. Mein Rollkoffer folgt federleicht.

Ich biege ein, wo etwas zu essen angeboten wird. Das warme Licht, das aus dem Raum strömt, zieht mich an. Ich stehe dann vor einem Tresen, wo heiße Luft aus einer Klimaanlage nach unten strömt.

Ich spüre nur noch diese Wärme. Ich sehe mich mit Kalina über das Festivalgelände beim Lollapalooza gehen, im verschwitzten Shirt. Ich lächle sie an. Die Sterne über uns schimmern klar. Ich spüre, dass ich weniger werde, bis ich nicht mehr da bin, und während ich verschwinde, kommt von irgendwoher Musik.

Kalinas Antwort auf Kristian Sandbergs Frage, was ihr Lieblingsbuch sei, verrät, was geschehen sein muss, in den wenigen Wochen nach dem viel zu heißen Spätsommer des Jahres 2016, der für ihn mit einem Match der Dating-App Once begann, die ihre Nutzer täglich mit je einem anderen Nutzer verbindet. Ihre Antwort gibt Hinweise auf eine Strategie, die man manipulativ nennen muss.

Vier Monate nach ihrem Kennenlernen, am Samstag, dem 3. Dezember 2016, geht Sandberg zur Mittagszeit durch den minus fünf Grad kalten Eppendorfer Nebel. Ein letztes Mal öffnete er die Dating-App.

Zur gleichen Zeit schaltet Kalina ihr Smartphone an und sieht erschrocken das Foto ihres Ex-Verlobten.

Im Profil schreibt sie über ihre Begeisterung für: Literatur, Musik, Mode, Politik, gutes Essen, Arthouse-Filme, Netflix-Serien und Fernreisen. »Familie und Freunde sind mir ebenso wichtig wie ein treu zu mir stehender Mann, der sich nicht verleiten lässt von den vielen Partnerwahlmöglichkeiten unserer Tage.« Sie will eine Familie gründen, versichert aber, dass sie kein Baby braucht, um sich selbst zu verwirklichen. »Das Leben hat so viel Tolles zu bieten, und diese Erlebnisse zu teilen, macht es schöner.«

Sandberg schreibt sie per E-Mail an. Auf WhatsApp, Facebook, in ihrem Telefon ist er gesperrt. »Kalina, ich möchte nicht leben ohne Dich!«

Sie antwortet: »Dass Du mir erneut drohst, zeigt, wie armselig Du bist. Ich werde nicht zulassen, dass Du Deine psychischen Probleme an mir auslässt. Ich bin noch nie von einem Mann so fürchterlich behandelt worden wie von Dir. Geh!«

Danach verschwindet er.

Zurück bleiben eine leere Wohnung in Bremen und offene Fragen. Wird einem Menschen permanent die Wahrnehmung abgesprochen, kann er in einen hilflosen Zustand verfallen, der es unmöglich macht zu spüren, was wir üblicherweise für die Realität halten.

Monate später zeigt Kalinas Instagram-Account einen Sandstrand, bis zum Horizont strahlend blaues Wasser und dazu die Worte »Finally Holiday #Tahiti«.

In den Kommentaren lässt sich ihr Satz finden, der Urlaub sei verdient, »nach der schlimmen Sache im vergangenen Jahr.«

Es gibt eine kurze Notiz von Sandberg, sie stammt vom August 2016. Da hatte er festgehalten: »Kurios ist, dass Kalina an manchen Tagen teure Ringe trägt, die Geschenke von Ex-Partnern sind.«

Unsere Wahrnehmung kann ausgehebelt werden. Das Ich ist fragil. Über jeden Menschen gibt es einen Satz, der sein komplettes Leben vernichten kann.

Es gibt Sandbergs Frage zu Kalinas Lieblingsbuch.

»Das ist *Die Gefährliche Geliebte* von Haruki Murakami«, hatte sie geantwortet.

Es gibt die Vermutung von Michael: »Du musst ihr davon erzählt haben.«

Es gab Sandbergs Zweifel, warum Kalina ausgerechnet jenen Roman liebt, der als DIN-A2-Plakat über seinem Bett hing, der komplette Text in Schriftgröße drei Komma fünf.

Alles passte.

Von Anfang an.

In Sandbergs Facebook-Chronik gibt es Fotos von Urlauben ins niederländische Zierikzee, von kanarischen Stränden, von den Klippen des italienischen Küstendorfs Monterosso al Mare. Es gibt das Bild einer Settembrini-Kekstüte und Aufnahmen aus einem Büchercafé im belgischen Brügge.

Und es gibt das Foto vom 28. März des Jahres 2012. Es zeigt Sandbergs Bett. Im unscharfen Vordergrund ist ein Blatt einer Yucca-Palme zu erkennen. Der Fokus ist gerichtet auf ein mehrspaltig bedrucktes Plakat, das er aufgehängt hatte, nachdem es kaschiert und gerahmt worden war. Darunter gibt es seinen Kommentar, zwei Sätze, die einmal Ausdruck von Hoffnung waren. Sie lauten: »Nie wieder allein. Ab heute gehe ich mit der Gefährlichen Geliebten ins Bett.«

secession

secession